クリスティー文庫
59

黄色いアイリス

アガサ・クリスティー

中村妙子訳

早川書房

5420

THE REGATTA MYSTERY AND
OTHER STORIES

by

Agatha Christie

Translated by
Taeko Nakamura
Published 2004 in Japan by
HAYAKAWA PUBLISHING, INC.
This book is published in Japan by
arrangement with
AGATHA CHRISTIE LIMITED,
A CHORION GROUP COMPANY
through TUTTLE-MORI AGENCY, INC., TOKYO.

目次

黄色いアイリス

レガッタ・デーの事件
The Regatta Mystery

アイザック・ポインツ氏はくわえていた葉巻を離して一言いった。

「ちょっとしたものだな」

ダートマスの港に対してこんなふうに彼なりに讃辞を呈すると彼はふたたび葉巻をくわえて、彼は自分自身に——自分の風采、取り巻き連中、また人生一般に——満足している様子でまわりを見まわした。

風采についていうなら、アイザック・ポインツ氏は五十八歳、健康で、肝臓に軽い障害くらいはあるかもしれないが、体調もまずまずだった。肥満体というほどではないが、かっぷくもよい。ただ、たまたま一着におよんでいるヨットマンの服装は、ふとり気味の中年男に似つかわしいとはいいかねた。しかし押しだしはなかなかりっぱだった——

ズボンの折り目は正しく、上着のボタンも型通り二つはめてあり——浅黒い、少々東洋的な顔がヨット用の帽子の下で笑っていた。取り巻き連中——といえば同伴者すべてがそうだったが——は仕事上のパートナーのレオ・スタイン氏、サー・ジョージ・マロウエー夫妻、事業上の知人でアメリカ人のサミュエル・レザーン氏と高校生の娘のイーヴ、ミセス・ラスティントンとイヴァン・ルウェリンだった。

一行はポインツ氏のヨット、メリメイド号からあがったところだった。午前中はレガッタを観戦した後、しばらく市《いち》をひやかして歩こうと——ココナッツ割りに加わり、世界一の肥満女、人間ぐも、といった見せ物を見物し、メリーゴーラウンドに乗ろうと——上陸したのであった。もちろん、こうしたものに一番夢中になったのはイーヴ・レザーンだった。ポインツ氏が、そろそろロイヤル・ジョージ亭へ行って食事ということにしてはといったとき、異議をとなえたのはイーヴだけだった。

「もう行くの、ポインツさん？　あたし、本物のジプシーのおばあさんに運勢を見てもらいたかったのに」

ポインツ氏はそのジプシーが本物かどうかはあやしいものだと思いはしたが、「ああ、構わないよ」とおうようにいった。

「すみませんな、すっかり夢中になっちまって」と父親が詫びた。「そろそろ引き揚げた方がいいとお思いでしたら、この子のいうことなんぞ、どうか気にせんで下さい」

「時間はまだたっぷりありますよ」とポインツ氏は愛想よくいった。「お嬢さんをせいぜい楽しませてあげましょう。ついでにレオ、きみをダーツで負かしてやるよ。一勝負どうだい？」

「二十五点以上取ったお客さまには賞品が出ます」ダーツをとりしきっている男が甲高い鼻声で歌うように叫んでいた。

「合計点できみを上回って見せるぞ。五ポンド賭けるがどうだ？」とポインツ氏がいうと、

「よし」とスタイン氏はそくざに応じた。

二人の男は間もなくつばぜりあいに夢中になっていた。

レディー・マロウェーがイヴァン・ルウェリンにささやいた。

「おやおや、子どもはイーヴだけではなさそうね」

ルウェリンは、「まったく」というように微笑したが、いささかぼんやりした様子だった。

その日、彼はずっと心ここにあらずというふうで、一、二度、ひどくとんちんかんな返事をした。

パメラ・マロウェーは青年のそばを離れて夫にささやいた。

「あの青年、何か気にかかっていることがあるみたいね」

サー・ジョージは呟いた。

「何か——もしくはだれかが気になっているんだろうよ」

そしてジャネット・ラスティントンをちらっと流し目に見やった。

レディー・マロウェーは眉をひそめた。彼女は一分の隙もない洗練された服装の背の高い女性で、まっかに塗った爪と耳にはめた珊瑚の耳飾りがマッチしていた。その黒い目には、どこか油断のない光があった。サー・ジョージの方も、〝らいらくな紳士〟らしくふるまってはいるが——青い目は妻と同様、抜け目がなかった。

アイザック・ポインツとレオ・スタインはハットン・ガーデンに店をもつダイヤモンド取引業者だった。サー・ジョージとその奥さんはまるでべつな世界——アンティーブとか、ジュアン・レ・パンといった避暑地の世界、サンジャン・ド・リュスでゴルフを楽しみ、冬は暖かいマデイラの海で海水浴といった——に属するカップルだった。

夫妻は外見は労せず、紡がざる野の百合の典型だったが、真相はそんなものではなかったのではないだろうか。もっとも労し紡ぐのにも、いろいろのやりかたがあるものだが。

「やっともどってきましたよ、あの娘さん」とイヴァンがミセス・ラスティントンにいった。

イヴァンは浅黒い、どこか飢えたおおかみのような風貌の青年だった。女によっては、こういう顔に魅力を感ずるものだ。

ミセス・ラスティントンも彼に魅力を感じていたかどうか、それはわからなかった。もともと本心を見せるたちの女ではなかった。ごく若いうちに結婚したが、結婚生活は一年足らずで破局を迎えた。そのときいらい、ジャネット・ラスティントンがだれかについて、あるいは何かについて、どう考えているかを知ることは容易でなくなった――いつも同じようにチャーミングで、しかしよそよそしかった。

イーヴ・レザーンが踊るような足どりで、すんなりした金髪を興奮したように振り振りもどってきた。十五歳で――この年齢相応にギスギスした体つきだったが――活気にあふれていた。

「あたし、十七になるまでに結婚するんですって！」と息を弾ませていった。「たいへんなお金持と。子どもが六人生まれるんですって。あたしにとっては火曜と木曜が運のいい日で、服はいつも緑か青のを着なさいって。幸運を呼ぶ宝石はエメラルドで――」

「ねえ、おまえ、そろそろ行かないとね」と父親がいった。

レザーン氏は背が高く、胃弱気味の少々憂鬱そうな顔の紳士だった。

ポインツ氏とスタイン氏がダーツをやめて引き揚げてきた。ポインツ氏はしきりに笑い、スタイン氏はいささか憮然としていた。

「なあに、万事、ついているかどうかできまるんだよ」とスタイン氏がうそぶいていた。

ポインツ氏はポケットを愉快げに叩いた。

「とにかく五ポンドせしめてやったぞ。つきじゃない。腕さ。腕できまるんだよ。私の父はダーツにかけてはひとかどでね。さて、諸君、行きましょうか？　運勢を見てもらったのかい、イーヴ？　髪の黒い男に気をつけろといわれたんじゃないかな？」

「いいえ、髪の黒い女の人に気をつけなさいって、髪の黒い、斜視の女に。うっかり気を許すとひどい目にあうって。そしてね、あたし、十七になる前に結婚するんですって」

ロイヤル・ジョージ亭に向かう間中、イーヴはたえまなく浮き浮きとしゃべりつづけていた。

前もってポインツ氏によって予約されていたらしく、ウェイターが一行をいんぎんに二階の特別室に案内した。円テーブルにはすでにナイフやフォーク類が並び、波止場を見おろす張り出し窓は大きく開けひろげられていた。市の騒音がここまで響き、それぞれちがった曲につれて回っているメリーゴーラウンドのキーキーときしっている音まで聞こえた。

「おたがいの話が聞こえないから、窓は閉めた方がいいな」とポインツ氏がぼっそりいって、自分でさっそく閉めにかかった。

一同はテーブルのまわりに座を占め、ポインツ氏は客に暖かくほほえみかけた。至れりつくせりの主人役だと自認していたし、もともと客をもてなすのが好きでもあった。彼はもう一度、一人一人の客を眺めやった。まずレディー・マロウェー──美人だが──もちろん、本当のレディーではない──彼の考えているような生粋の貴族はマロウェー夫妻にははなもひっかけないだろう──しかし生粋の貴族はお高く止まっていて、彼の存在などまるで無視するだろうから。それにレディー・マロウェーはいかにも垢ぬけて見える──ブリッジで少々いかさまをやったとしても、相手がこの夫人ならポインツ氏は大目に見ることにしていた。サー・ジョージとなると、また別で、この男にいっぱい食わされるのは業腹だった。目つきがわるく、厚かましい。人を利用することばかり考えている。「だがこのアイザック・ポインツはそうやすやすと利用されはしないぞ。その点は心得たものだ」と彼は心の中で呟いた。

レザーンはわるい男ではない──アメリカ人の例に洩れず、長々としゃべりまくり、何につけても正確なデータを聞きだしたがる癖がある――あれはいただけない。ダートマスの人口は？――海軍大学は何年に設立されたか？――といった調子だ。こっちを歩く案内書だとでも思っているらしい。イーヴはかわいい元気な子だ――からかうとなかなか面白い。ウズラクイナのようなキーキー声でしゃべるが、あれでなかなかの利巧者だ。頭がいい。

ルウェリン青年は妙に静かだな。何か気にかかっていることでもあるんじゃないか。たぶん金に困っているんだろう。もの書きはたいていそうだ。ジャネット・ラスティントンに思召しがあるのかもしれない。ジャネットは感じのいい女性だ――魅力があるし、聡明だ。ちょっとした小説家だそうだが、自作の内容についてぺらぺらしゃべって、聞き手を閉口させることもない。書くものは少々インテリくさいが、話しぶりを聞いているとそんなふしはまったくない。最後がレオだ！　あいかわらずじじむさくて、ふとり過ぎだ。ポインツ氏はこのパートナーの方でも彼についてまったく同じことを考えているとはつゆ知らず、ニシンの漁場はコーンウォールだといったレザーン氏に、それはデヴォンだと教えてやった上で、おもむろに食事を楽しみにかかった。

「ポインツさん」熱い鯖《さば》の料理がめいめいの前に置かれ、ウェイターたちがひきさがったとき、イーヴがいった。

「なんだね、イーヴ？」

「あの大きなダイヤモンド、いまもっていらっしゃる？　ほら、ゆうべ、見せて下さったでしょ、いつも身につけているって」

ポインツ氏はくすりと笑った。

「その通り。私のマスコットなんでね。もちろん、いまもちゃんともっているよ」

「それ、とっても危険だわ。市の人ごみの中ですられるかもしれなかったじゃないの」

「いやいや、私がそうはさせないさ」

「でも、もしかってことがあるわ。イギリスにもギャングはいるんでしょ？」

「〈明けの明星〉はぜったいに盗まれやしないよ。第一、特別誂《あつら》えの上着の内ポケットにはいっているからね。それに――まあ、とにかく――このポインツじいさんにぬかりはないさ。〈明けの明星〉はだれにも盗ませやしない」

イーヴは笑った。

「へえ、そう？――でもあたしが泥棒だったら、きっと盗んで見せるわ！」

「そりゃ、とてもむりだろうね」ポインツ氏はきらりと目を光らせて、少女を見返した。

「ところが、たやすく盗めるのよ。あたし、ゆうべ、寝てからずっと考えていたの。あなたがテーブルでみんなにあれを回して見せたでしょ？　あの後でベッドにはいってから。そしてね、すごくいい方法を思いついたのよ」

「そりゃまた、どんな方法だね？」

イーヴは小首をかしげた。金髪が興奮したように揺れた。「教えてあげないわ――いまはね。あたしに盗めっこないと思ってるのね？　何を賭ける？」

少年時代、よくこうした賭けをやったことを思いだして、ポインツ氏は答えた。

「手袋を半ダース」

「手袋ですって？」とイーヴは、なんだ、そんなものといわんばかりに叫んだ。「手袋なんて、だれがほしいものですか」

「じゃあ――絹のストッキングははくかい？」

「もちろんよ。取っておきのがけさ電線しちゃって、くさくさしてるとこ」

「だったらどうだね？　とびきり上等の絹のストッキングを半ダースというのは」

「すてき！」とイーヴはうれしそうにいった。「で、あなたは何がほしいの？」

「そうだな。ちょうど新しい煙草入れの袋を一つほしいと思っていたんだが」

「いいわ。これできまったわけね。でもおあいにくさま、あなたは煙草袋を手に入れることはできないわ。とにかく、あたしのいう通りにしてちょうだい。まず、ゆうべみたいに〈明けの明星〉をみんなに回すの」

ウェイターが二人、皿をさげにはいってきたので、イーヴは言葉を切った。次の鳥肉のコースを一同が食べにかかったとき、ポインツ氏がいった。

「いっておくがね、お嬢さん。もしもほんとうに盗みをやってのけるつもりなら、警察を呼んであんたの身体検査をしてもらわないとね」

「あら、構わないわ、あたしは。警察を呼ぶほど、本式にする必要はないでしょうけど、でもお望みなら、マロウェーさんの奥さんか、ラスティントンさんがあなたの気がすむまであたしの身体検査をしたらいいのよ」

「ああ、それでいいよ。しかしあんたはいったい何をたくらんでいるんだね？　第一級の宝石泥棒かね？」

「そうね、職業にしてもわるくはないかも——引き合うなら」

「〈明けの明星〉をうまく盗みだせたら、そりゃ、十分引き合うよ。あのダイヤモンドはカットし直したとしても、三万ポンド以上の値打ちがあるだろうからね」

「まあ！」イーヴは感銘をうけたらしかった。「それ、ドルに直すとどのくらい？」

レディー・マロウェーが叫び声をあげて、「そんな高価なダイヤモンドを手軽に持ち歩いていらっしゃるの？」と咎めるようにいった。「三万ポンドもの」黒く染めた睫毛《まつげ》がかすかに震えた。

ミセス・ラスティントンが低い声でいった。「たいへんな金額ですのね……それにダイヤモンド自体の魅力もありますわ……とても美しうございますもの」

「どうせ炭素のかたまりですよ」とイヴァン・ルウェリンがうそぶいた。

「宝石泥棒で厄介な点は盗品故買人が一枚かむことらしいな」とサー・ジョージがいった。「ごっそり分け前を要求するだろうからね」

「さあ、よくって?」とイーヴが興奮したようにいった。「はじめましょうよ。ダイヤモンドを出して、ゆうべと同じことをいってみて下さいな」

レザーン氏が低い憂鬱そうな声でいった。

「どうも娘がご迷惑をかけて。ちょっと図に乗っているようで——」

「いいのよ、パパ」とイーヴがいった。「さあ、ポインツさん——」

ポインツ氏はにっこり笑って内ポケットを探った。電燈の光を浴びてチカチカと輝くものがその掌の上に載っていた。

まことに見事なダイヤモンドであった……

少々しかつめらしい口調でポインツ氏は、メリメイド号での前夜の演説を思いだせるかぎり正確に繰り返した。

「たぶんみなさんは、私がここに所持しているものを一目ごらんになりたいとお思いでしょう。まれにみる美しい宝石です。私はこれを〈明けの明星〉と呼んでいます。私のマスコットです――どこへ行くにも身につけているんですよ。回しましょうか？」

彼はそれをまずレディー・マロウェーに渡した。彼女はそれを取ってその美しさに驚嘆したように小さな叫び声をあげ、ついでそれをレザーン氏に渡した。レザーン氏は、

「なかなか――いや、なかなか――」と少々取ってつけたようにいって、ルウェリンに渡した。

このとき、ウェイターがはいってきたので、ちょっとした合間があった。ウェイターたちがさがったとき、イヴァンが、「たいへん見事な石です」といって、それをレオ・スタインに回した。レオはとくに何もいわずにすぐイーヴに渡した。

「非の打ちどころがありませんわ」とイーヴが甲高い気取った声でいった。

「まあ！」宝石が手から滑り落ちたので、イーヴは愕然として叫んだ。「落としちゃったわ」

椅子を押しやるとイーヴは膝をつき、テーブルの下を手探りした。イーヴの右側に坐っていたサー・ジョージも身を屈めた。そのはずみにグラスが一つ、テーブルから払い落とされた。スタイン、ルウェリン、それにミセス・ラスティントンが手伝ってダイヤモンドを探した。レディー・マロウェーまで加わった。

ポインツ氏だけが席についたまま、ぶどう酒をちびりちびりと飲み、皮肉な笑いをもらしていた。

「あらまあ！」とイーヴがまたわざとらしい口調でいった。「なんてことでしょう！どこに転がったのかしら？　どこにも見あたらないけど」

イーヴに手伝ってひとしきり床の上を探しまわった連中がやがてつぎつぎに立ちあがった。

「たしかに雲隠れしちまったようだな、ポインツ」とサー・ジョージが微笑しながらいった。

「お見事だよ、イーヴ」とポインツ氏が感心したように大きくうなずいた。「あんたは大女優になれるよ。さて問題は、あんたがあれをどこかに隠したか、あるいは現に身につけているか、どっちだろうということだが」

「よかったらどうか、あたしの身体検査をして下さいな」とイーヴが芝居がかった口調でいった。

ポインツ氏は部屋の片隅に立っている大きな衝立《ついたて》に目を止めた。

そしてその方にうなずいて、レディー・マロウェーとミセス・ラスティントンを見やった。

「ご婦人がた、ご迷惑でも――」

「まあ、もちろんですわ」とレディー・マロウェーがにっこりした。

二人の婦人は立ちあがった。

「ご心配いりませんわ、ポインツさん。身体検査は徹底的にやりますから」とレディー・マロウェーが請け合った。

三人は衝立の向こうに消えた。

部屋の中は暑かった。イヴァンが窓をぱっと開けた。新聞売りが窓の下を歩いていた。イヴァン・ルウェリンが銅貨を投げると、新聞売りは新聞を一部投げあげた。

ルウェリンは新聞を開いた。

「ハンガリーの情勢はかんばしくないようだな」

「それは地方紙かね？」とサー・ジョージがきいた。「私がたまたま関心をもっている馬が今日ホールドンのレースに出たはずなんだが――ナッティー・ボーイというんだ」

「レオ」とポインツ氏がいった。「ドアに鍵をかけてくれたまえ。この一件が終わるまで、ウェイターにやたらに出はいりしてもらいたくないからね」

「ナッティー・ボーイは一着で三倍の配当ですよ」とイヴァンがいった。

「それっぽっちか」

「たいていはレガッタのニュースばかりだな」とイヴァンは紙面に目を走らせつつ呟いた。

衝立の向こうから三人の女性たちが出てきた。

「影も形もありませんわ」とジャネット・ラスティントンがいった。

「このお嬢さんが身につけていないということは、わたしが断言しますわ」とレディー・マロウェーもいった。

ポインツ氏は、この言葉を額面通りに取ってさしつかえなかろうと思った。レディー・マロウェーの声は苦りきっていて、身体検査が徹底的に行なわれたことは疑いの余地もなかった。

「まさか、イーヴ、おまえ、呑みこんじまったんじゃあるまいね？」とレザーン氏が心配そうにいった。「そんなことをしたらとんでもないことになるんだよ」

「呑みこんだりしたら、私が気がついているはずですよ」とレオ・スタインが物静かにいった。

「ずっと目を離しませんでしたからね。お嬢さんは何も口にいれませんでしたよ」

「やたらつんつん角ばったあんな大きなものを呑みこむなんて、だれにだってできっこないわ」とイーヴは両手を腰にあててポインツ氏を見つめた。「さあ、どうですか、大き坊ちゃん？」

「そこにじっと立って動くんじゃないよ」とポインツ氏はいった。

男たちがテーブルの上のものを取り去り、テーブルをひっくりかえすとポインツ氏はそれを隅々まで丹念に調べた。それからイーヴが坐っていた椅子とその両側の椅子に注意を移した。

捜索はまさに徹底的に行なわれた。四人の男たちがポインツ氏を手伝い、婦人たちも手を貸した。イーヴ・レザーンは衝立の脇の壁ぎわに立って、愉快でたまらないというように笑っていた。

五分後、四つんばいになっていたポインツ氏が低い呻き声をあげて立ちあがり、情なさそうにズボンの埃を払った。捜索をはじめたときの意気がいささか損なわれていた。

「イーヴ、あんたに脱帽するよ。宝石泥棒としてはいまだかつてお目にかかったことがないくらいの名人だ。あんたがあの宝石をどうしたのか、私にはかいもくわからないよ。降参する。あんたが身につけていないとすると、どうしたってこの部屋の中にあるはずだが。とにかく最大の讃辞を呈するよ」

「じゃあ、ストッキングはもらえるのね？」

「もちろんさ」

「イーヴ、あなた、いったい、どこに隠したの？」とミセス・ラスティントンがふしぎそうにきいた。

イーヴは小おどりして進み出た。

「教えてあげましょうか。どうして気がつかなかったのかときっと腹を立てるわ」

イーヴは食卓の上のものが雑多に置かれているサイド・テーブルの所に行き、小さな黒いハンドバッグを取りあげた。

「あなたがたの鼻の先にあったのよ。ほーら……」

イーヴの陽気な勝ち誇ったような声がとつぜんとだえた。

「あら……あら……」

「どうしたんだね、おまえ？」と父親がいった。

イーヴがささやいた。「ないわ……なくなっちゃったわ……」

「どういうことだね？」とポインツ氏が進み出てたずねた。

イーヴはぱっと向き直っていった。

「こういうことだったの。あたしのこの小さなハンドバッグには止め金のまんなかに大きな模造ダイヤがはまっているんだけど、昨夜落っこちちゃって。〈明けの明星〉が回ってきたとき、あたし、バッグの石とほとんど同じ大きさだと気がついていたの。だから夜寝てから考えたのよ——あなたのダイヤモンドを穴にはめこんでプラスティシン（細工用粘土）でくっつけたらうまく盗めるなって。だれにもわかりっこないだろうって。今夜はそれをやったのよ。まず、ダイヤを落とし、バッグを手にもって身を屈め、用意しておいたプラスティシンをくっつけて穴の中にはめこんで、バッグをテーブルに載せ、そのまま、ダイヤモンドを探すふりをする。『盗まれた手紙』と同じ手よ——ほら、あのポオの。みんなのすぐ鼻の先にずっと置いてあるのに——ありきたりの模造品みたいに見えたってわけ。うまい思いつきだったわ——だれも気づかなかったんですもの」

「そりゃ、どうかな」とスタイン氏がいった。

「いま、何ていいました？」とサー・ジョージが呟いた。

　ポインツ氏はハンドバッグを取り、プラスティシンがまだ少しこびりついている穴を見やってゆっくりいった。「落っこちたのかもしれないな。もう一度探した方がいい」

　捜索は繰り返されたが、今度はだれもが奇妙に黙りこくり、緊張した空気が部屋の中にみなぎっていた。

　ついに一人、また一人と諦めて立ちあがった。そして立ったまま、顔を見合わせた。

「この部屋の中にはないようだな」とスタイン氏がいった。

「それにだれも部屋を出た者はいない」とサー・ジョージが意味ありげに呟いた。

一瞬の沈黙があり、イーヴがわっと泣きだした。

父親がその肩を撫でて、「よしよし、泣くんじゃない」とぎごちない口調でいった。

サー・ジョージがレオ・スタインの方に振り向いた。

「スタインさん、あなたはたったいま、何か呟かれましたね。私がききかえすと何でもないといわれた。しかしじつはスタインさん、私にはあなたのいったことが聞こえていたんですよ。イーヴさんが、自分がどこにダイヤモンドを置いたか、だれも気づかなかったといったとき、あなたは、『そりゃ、どうかな』といわれた。われわれが直面しなければならないのは、だれかが気づいていた可能性があり――しかもその人物がいまもこの部屋の中にいるということです。とすると、公明正大にいって、出席者のすべてが身体検査を受けることが必要ではありませんかね。ダイヤモンドがこの部屋の外に持ちだされたはずはないんですから」

サー・ジョージは、一時代前のイギリス紳士はこうだったろうと思われるような率直な態度を取っていた。まことに堂にいったもので、その声音には誠実さと義憤の響きがあった。

「どうも少々不愉快だが」とポインツ氏が情なさそうにいった。

「みんな、あたしがわるいんだわ」とイーヴがすすり泣いた。「こんなことになるなんて――」

「元気をお出しなさい、お嬢さん」とスタイン氏がやさしくいった。「だれもあなたを責めちゃいませんよ」

レザーン氏が、持ちまえの、いささかてらった、ゆっくりした口調でいった。

「そうですな、サー・ジョージのご提案にはだれしも双手をあげて賛成するのではありませんかな？　少なくとも私は賛成しますよ」

「賛成」とイヴァン・ルウェリンが一言いった。

ミセス・ラスティントンがレディー・マロウェーを見やると、彼女は軽くうなずき、二人は衝立のかげに消えた。

イーヴもすすり泣きながらついて行った。

ウェイターがドアをノックしたが、さがっていろといわれた。五分後、八人の男女は信じられないといった面持で顔を見合わせた。

〈明けの明星〉は文字通り掻き消えていたのであった……

パーカー・パイン氏は向かい側に坐っている青年の、動揺のありありと見える浅黒い顔を見やった。

「お名前から察するところ、あなたはウェールズの出身ですね、ルウェリンさん」

「それが、今度のこととどんな関係があるっていうんです？」

パーカー・パイン氏は爪の一つ一つまで念をいれて手入れをした大きな手を振った。

「関係はありませんよ、もちろん。私はただ、それぞれの民族の典型的なタイプの示す感情の反応を類別することに関心をもっていましてね。それだけです。さて、あなたの当面しておいでの問題の考察にもどりましょう」

「何だって、こうしてあなたの所にやってきたのか、じつはよくわからないんですが」とイヴァン・ルウェリンはいった。神経質そうに手がけいれんし、浅黒い顔は心労にやつれていた。パーカー・パイン氏の顔は見ていなかったが、相手からまじまじと見つめられているのを感じて困惑しているらしかった。「じっさい、なぜ、あなたをお訪ねしたのか、自分でもわからないんです」と彼は繰り返した。「しかしいったいどこに行ったらいいっていうんです？　それにぼくに、何ができるでしょう？　何も手の打ちようがないという無力さがやりきれないんですよ……ぼくはあなたの広告を見て、友だちが以前、あなたがいろいろな事件を見事に解決なさったと話していたのを思いだしたのです……それで――まあ――こうしてうかがったわけです。ばかなことかもしれませんがね。だいたい、どんな人間にしろ、何か手が打てるといった場合じゃないんですから」

「ばかなことどころか」とパーカー・パイン氏はいった。「あなたはまさにうってつけの人間のもとへおいでになったわけです。不幸という病気を専門的に扱っている医者ですからね、私は。この事件はどうやらあなたにたいへんな苦痛を与えているようだ。で、事実は、話して下さった通りなんでしょうね？」

「何もいい落としてはいないと思いますが。ポインツがダイヤモンドを出してみんなに回した――生意気なアメリカ人の小娘が思いつきでそれをバッグの止め金の穴にはめこんだが、みんなが見たときには、ダイヤはなくなっていた。めいめいが身体検査を受けたが、だれも身につけていず――身体検査は所有者のポインツじいさんさえ受けたんですよ、自分からいいだして――が、とにかくあの部屋のどこを探してもなかったんです！　それればかりじゃない、部屋を出た者もまったくいなかった――」

「たとえばウェイターなども――？」とパーカー・パイン氏がたずねた。

ルウェリンは頭を振った。

「ウェイターは、あの子がダイヤをいじくる前に部屋を出ていましたよ。後ではウェイターを入室させないように、ポインツ氏がドアに鍵をかけてしまいましたし。ええ、ですから、これはどうしても、われわれのうちの一人ということになるんです」

「そのようですね」とパーカー・パイン氏は考えこみながらいった。

「糞いまいましい、あの夕刊のことがなかったら」とイヴァン・ルウェリンが苦々しげにいった。

「みんなが考えているらしいんですよ――それが唯一の方法だったのじゃないかと」

「もう一度、正確にそのときのことを話してくれませんか」

「単純きわまることです。ぼくが窓を開けて新聞売りに向かって口笛を吹き、銅貨を投げると、夕刊をほうりあげてよこしました。ダイヤモンドが部屋を出たとすれば、それが唯一の可能な方法だったということになるんです」

「唯一ではありませんがね」とパーカー・パインがいった。

「ほかにどんな方法があったというんです?」

「あなたがダイヤを外へほうらなかったとすれば、かならず何か方法があったに違いありません」

「はあ、なるほど。ぼくはあなたがもっとはっきりしたことを意味されたのかと一瞬、希望をもったんですがね。とにかくぼくにいえることは、ぼく自身はダイヤをぜったいにほうらなかったということだけです。といってもあなたは――あなたに限らず――他人が信じてくれるとは思いませんが」

「いや、私は信じますとも」

「信じて下さる？　なぜです？」

「あなたは犯罪者のタイプではありません、つまり宝石泥棒をやるたぐいのタイプではないということですよ。あなたが犯す可能性のある犯罪もあるでしょうが――そのことはいまは話題にしますまい。とにかく、あなたが〈明けの明星〉を盗んだとは、私には思えませんね」

「ところがほかの連中はみんな、そう思っているんですよ」とルウェリンは吐きだすようにいった。

「なるほど」

「あのとき、連中、妙な目でぼくを見たんです。マロウェーは夕刊を取りあげ、それからちらっと窓の方を見やりました。何もいいはしませんでしたがね。しかしポインツはすぐ、マロウェーのいわんとするところを理解したようでした。ぼくにも連中の考えていることがわかりました。はっきり言葉に出して糾弾してはいませんが、そこがかえってやりきれないところなのです」

パーカー・パイン氏は思いやりぶかくうなずいた。

「たしかに、その方がたまらんでしょうな」

「そうなんです。疑われているだけなんですから。ぼくの所へいろいろたずねにきた男がいましたよ――こういう場合のきまりにすぎないとはいいましたがね。近ごろよくいる私服刑事というやつでしょう。当たりさわりのないことをいい――何かをほのめかすといったことさえしませんでした。ただ、ぼくが金詰まりだったのに、このところ少しばかり景気がいいようだと遠回しにいっていましたっけ」

「それは事実なんですか?」

「ええ――競馬で一、二度ついていて。ただ運のわるいことに競馬場で馬券を買ったもので――金の出所を証明する道がまるでないんです。もちろん警察としても、ぼくがうそをいっていると証明はできませんが、金の出所を明らかにしたくないときは、えてしてそういうたぐいのうそをつくものですから」

「そうですな、しかしあなたの犯罪を証明するには、それだけでは足りますまい」

「いや、ぼくはじっさいに逮捕されて、窃盗罪で告発されることを恐れているんじゃありません。ある意味ではその方がらくでしょう――少なくとも自分の置かれている状況はわかるでしょうからね。ぼくにしてみれば、みんながみんな、ぼくが盗ったと疑っているという、いまいましい事実がたまらないんですよ」

「とくに、ある人のことが気になるんでしょうな」

「どういうことです、それは?」

「いや、ちょっといってみたまでで――他意はありません――」こういってパーカー・パイン氏は肉付きのいい手を振った。「しかし、じっさい、ある人の思惑が気になっているんではありませんか？　たとえばミセス・ラスティントンの――？」

ルウェリンは浅黒い顔を紅潮させた。

「なぜ、彼女を引き合いに出すんです？」

「いや、あなたがだれかの意見をとりわけ気にしておられるということは明らかです――おそらく女性のね。その席にはどんな女性がいたでしょう？　アメリカ人のおてんば娘でしょうか？　レディー・マロウェーでしょうか？　しかしあなたがそうした離れ業を見事にやってのけたとしたらレディー・マロウェーの場合、あなたの株はあがりこそすれ、さがりはしないでしょう。あの女性のことは、私もちょっと知っているんですよ。してみるとあなたが気にしているのは明らかにミセス・ラスティントンということになりますね」

ルウェリンは苦しげにようやくいった。

「あの人は――何というか、不幸な経験をしているんです。夫は腐りきった男でした。それであの人はいまではだれも信用しようとしないのです。あの人がぼくをもしも――」といいかけたが、それ以上続けられなかった。

「まったくです」とパーカー・パイン氏はうなずいた。「事は重大です。なんとかはっきりさせませんとね」

イヴァンはちょっと笑った。

「いうはやすしですが――」

「行なうのもまたやすしですよ」

「ほんとうにそう思うんですか？」

「ほんとうですとも。この問題はたいへんはっきりしています。多くの可能性が排除されます。答はきわめて簡単なものに違いありません。じっさい、私にはすでにおぼろげながら――」

ルウェリンはまさかというように相手を見つめた。

パーカー・パイン氏はメモ用紙を引き寄せて、ペンを取りあげた。

「パーティーの顔ぶれについて、かいつまんで話してくれませんか？」

「それはすでにお話ししたと思いますが？」

「列席者の風采容貌といったものを聞きたいんですよ――髪の色その他」

「しかし、パーカー・パインさん、そうしたことがこの事件とどういう関係があるっていうんです？」

「それが大いにあるんでしてね——大いに。類別その他の点で」信じられないといった面持で、イヴァンはヨット旅行に加わった面々の外見を描写しはじめた。

パーカー・パイン氏は一つ二つ書きつけると、メモ用紙を押しやっていった。

「けっこうです。ところでワイン・グラスが割れたといわれましたっけね」

イヴァンはまた相手の顔を見つめた。

「ええ、何かのはずみでテーブルから払い落とされて、それをだれかが踏んだようです」

「厄介な代物でしてね、ガラスのかけらというやつは。だれのグラスでした？」

「あの子の——イーヴのだと思います」

「なるほど——で、グラスの転がった側に坐っていたのはだれでした？」

「サー・ジョージです」

「イーヴとサー・ジョージと、二人のうちのどっちがグラスを払い落としたか、あなたはそれは見なかったんですね？」

「あいにく。何か重大な意味があるんですか、それに？」

「いや——大して。いってみれば余計な質問です」とパーカー・パイン氏は立ちあがった。「では、ルウェリンさん、三日後にまたおいでになって下さいますか？　そのときには、何もかもすっかりかたがついておりましょう」

「冗談をいっていらっしゃるんですか、パーカー・パインさん？」

「私は職業上のことでは冗談はけっしていわないたちでしてね。依頼人の不信を誘う恐れがありますから。では金曜の十一時半ということに？　じゃあ、万事そのおりに」

金曜の十一時半に、イヴァンは興奮した面持でパーカー・パイン氏のオフィスにはいってきた。もしやという希望と、とてもだめだろうという懐疑の相半ばしている顔だった。

パーカー・パイン氏はにこにこと彼を迎えた。

「おはようございます、ルウェリンさん。どうぞおかけ下さい。煙草をおのみになりますか？」

差しだされた箱を、ルウェリンは手を振って拒絶した。

「で、どうなりました？」

「うまくいきましたよ。警察はゆうべ、一味を逮捕しました」

「一味？　一味とはどういうことです？」

「アマルフィの一味です。あなたのお話をうかがったとき、私はすぐ彼らのことを考えたんです。これはどうしたって彼らの手だと思いました。そのうえ、あなたがお客の風采について話して下さったので――そう――疑う余地もなくなったわけです」

「アマルフィというのはどういう連中です？」

「父親、息子、その妻――ピエトロとマリアが正式に結婚していれば、妻ということになりますな――もっともそれはいささか疑わしいが」

「わかりませんね、よく」

「なあに、単純しごくですよ。イタリア風の名ですから、もとはといえばイタリアの出なんでしょうが、おやじのアマルフィはアメリカで生まれました。手口はたいてい同じです。実業家になりすまし、ヨーロッパのどこかの国の宝石商と近づきになり、その上で小細工をやるんです。この場合はとくに〈明けの明星〉を狙っていたんですな。あの宝石をいつも身につけているというポインツ氏の癖はこの世界ではよく知られていましてね。マリア・アマルフィが娘の役を演じたんです（大した女ですよ。二十七にはなっているでしょうに、いつも十六の娘の役を見事に演ずるんですからね）」

「まさか、イーヴが！」とルウェリンは喘《あえ》いだ。

「そのまさかなんですよ。第三の男は、ロイヤル・ジョージ亭に臨時雇いのウェイターとしてはいりこんでいました――なにしろ、休暇の書きいれどき、臨時雇いの必要な時期でしょうからね。もしかすると本雇いのウェイターになにがしかつかませて、休みを取らせたのかもしれません。さて、お膳立てはととのいました。イーヴがポインツ氏に挑戦し、ポインツが受けて立ち、ダイヤを前夜の通りに回す。そこにウェイターたちがはいってきたので、レザーンは彼らが部屋を出るまで宝石を回さずに手もとにとどめている。ウェイターたちが出て行ったときにダイヤも出て行った。つまり、チューインガムで皿の下に巧妙にはりつけられて、ピエトロが運び去ったというわけです。簡単きわまるいきさつじゃありませんか」

「しかし、ぼくはその後であのダイヤを見たんですよ」

「いや、いや、あなたの見たのは模造品です、ちょっと見にはだまされるほど巧妙な。専門家のスタインはあなたのお話では、ろくに見もしなかったそうじゃありませんか。さてイーヴがそいつを落とし、それからグラスをテーブルから払い落として、模造ダイヤをガラスといっしょに踏みつけた。ダイヤはここで奇蹟的に雲隠れというわけです。イーヴにしろ、レザーン氏にしろ、いくら入念な身体検査をされても痛くもかゆくもないわけですよ」

「あなたはぼくの話を聞いているうちに一味の仕業だとわかったといわれましたね。連中、こうした小細工を前にもやったんですか？」

「まったく同じというわけではありませんがね。しかし彼らの手口です。当然、私はすぐイーヴに注意を向けましたよ」

「なぜです？　ぼくは疑いもしなかった――だれだって。まったく子どもに見えましたからね」

「そこがマリア・アマルフィのきわだって天才的なところですよ。本物の子ども以上に子どもっぽく見せることができるんです。それにプラスティシンのことがあります。その場のはずみで賭けが提案されたということでしたね――それなのにあの娘さんは、プラスティシンをちゃんと用意していた。計画的だということがそれでわかります。そう、私はすぐ彼女に目をつけましたよ」

ルウェリンは立ちあがった。

「いや、パーカー・パインさん、何とお礼を申しあげたらいいか」

「類別ですよ」とパーカー・パイン氏は低い声でいった。「犯罪者のタイプの類別です。私はこれに興味があるんでしてね」

「追ってお知らせ下さい――その――」

「私の相談料は些少です。例の――競馬の儲けには大した穴はあきますまいよ。それはそれとして、私なら今後は競馬はやりませんね。きわめて当てにならぬ動物ですから、馬というやつは」

「大丈夫です」とイヴァンは答えた。

パーカー・パイン氏と握手すると、イヴァンは大股にオフィスを出た。

そしてタクシーを止め、ジャネット・ラスティントンのフラットの番地を告げた。

まさに当たるべからざる勢いだった。

バグダッドの大櫃の謎

The Mystery of the Bagdad Chest

こういう見出しには気をひかれる──私はそう友人のエルキュール・ポアロにいった。当事者のだれとも面識はない。私の関心はまったく傍観者のそれだ。こう告げるとポアロも同意した。

「そう、東洋的な味わいがあるね。どこか、神秘的で。問題の大櫃《おおびつ》はじつはジェームズ二世時代あたりの模造品で、トテナム・コート通りの店で売っていたものだったのかもしれない。しかしこの事件を〝バグダッドの大櫃の謎〟と呼ぶことを思いついた記者は一種のひらめきを感じたんだろうな。〝謎〟という言葉を添えたのもうがっているよ。もっともこの事件には謎めいたところはほとんどないがね」

「まさにね。身の毛のよだつような無気味さはある。しかし、謎めいたところはまったくない」

「身の毛のよだつような無気味さか」とポアロは考えこんだように繰り返した。

「とにかく胸がむかつくよ」と私は立ちあがって部屋の中を歩きまわった。「殺人者はこの男――自分の友人――を殺して大櫃の中に押しこんだ。しかも半時間後にはその同じ部屋で被害者の妻と踊っていたというんだからね。考えてもみたまえ。その女性が一瞬にもせよ――」

「まったくだ」とポアロが思いに沈みながらいった。「世の人のもてはやす女性の直感とかいうものも――この場合は働かなかったらしいね」

「パーティーはきわめて陽気に進行していたようだ」と私はちょっと身震いしていった。

「しかし一同が踊ったり、ポーカーに興じたりしている間、その部屋の中にはずっと死体があったわけだ。ドラマにしてもいいような筋立てじゃないか」

「そういうドラマがたしかあったっけ。しかし鼻白むには当たらないよ、ヘイスティングズ、同じテーマが以前に使われたことがあっても、もう一度使われてわるいということはないからね。せいぜい面白いドラマを仕立てあげたらいい」

私は新聞を取りあげて、少しぼやけた複写写真を見つめて、「大した美人らしいね」とゆっくりいった。「ひどくぼやけているが、それでもわかるよ」

写真の下にはこう書かれていた。

被害者の妻

ミセス・クレイトンの近影

ポアロは私の手から新聞を取りあげていった。

「そう、たしかに美しい人だね。男を悩ます女性だな」

ほっと溜息をついてポアロは新聞を私に返した。

「ありがたいことに、この私は情熱に身をやつすたちじゃない。おかげで具合のわるいはめに立ちいたらずにすんできた。じっさいありがたいことだな」

私たちは、その事件についてそれ以上は話し合わなかったと思う。そのときには、ポアロはとくに関心を示すというふうでもなかった。事実関係ははっきりしており、あいまいな点もほとんどなく、事件について議論したところでどうということはないと思われたのだ。

クレイトン夫妻とリッチ少佐はかなり古くからの友人だった。問題の日、つまり三月十日の夜、クレイトン夫妻はリッチ少佐の家に招かれていた。

クレイトンは七時半ごろ、カーティス少佐というべつな友人といっしょに酒を飲んでいるときに、スコットランドに行く急用ができて八時の汽車に乗るといったということだった。

「ジャックの所に寄ってわけを説明するのがやっとだろうな」とクレイトンはいった。「マーガリータはもちろんパーティーに出るが、ぼくは残念だが行けない。やむをえない用事なので、ジャックはわかってくれるだろう」

クレイトン氏はこの言葉通り、リッチ少佐の家におよそ八時二十分前に着いた。少佐はちょうど外出していたが、従僕はクレイトン氏をよく知っていたので、はいってお待ちになってはといった。クレイトン氏は、時間がないので、はいって置き手紙を書かせてもらおうといった。――汽車の時間ぎりぎりなので待ってもいられないからと。

従僕はクレイトン氏を居間に案内した。

約五分後、リッチ少佐が居間のドアを開けて従僕を呼んだ。従僕は主人がいつ帰ってきたのか、気づかなかったそうだ。リッチ少佐は煙草を買ってきてくれと命じた。従僕が煙草を買って帰って主人に渡したとき、居間にはほかにだれもいなかった。従僕は当然ながらクレイトン氏はすでに駅に向かったのだろうと推測した。

その後間もなく客が到着しはじめた。ミセス・クレイトン、カーティス少佐、スペンス夫妻という夫婦者。レコードに合わせてダンスをしたり、ポーカーをしたりで真夜中少し過ぎに客は帰って行った。

翌朝、掃除をしようと居間にはいった従僕はリッチ少佐が中東から持ち帰ったバグダッドの大櫃と呼ばれる箱の下に敷かれた絨毯が色濃く汚れているのを見てびっくりした。櫃の下とすぐ前にしみがあった。

従僕は本能的に大櫃の蓋を開けてみた。心臓を刺された男の死体が体を折り曲げるようにして押しこまれていた。従僕は胆をつぶしてフラットから走り出て、最初に行き会った警官を連れてもどった。殺されていたのはクレイトン氏で、リッチ少佐は時を移さず逮捕された。少佐は終始一貫すべてを否定したらしい。彼によると、前夜はクレイトン氏には会っておらず、スコットランド行きについても夫人から聞いてはじめて知ったしだいだという。

新聞に出ている事実はそんなものだったが、遠回しにはいろいろなことが取沙汰され、臆測された。リッチ少佐とミセス・クレイトンの間に親密な友情があったことが強調され、よほどの馬鹿でないかぎり、行間の意味を読みとることはわけもなかった。犯行の動機そのものが示唆されているようなものだった。

長い経験から私は、根拠もない中傷は割り引いて受けとるようになっていた。臆測された動機がまったく事実無根ということもある——証拠がいかにそろっているように見えようとも。まったく違う理由が引き金になったのかもしれない。しかし一つのこと——リッチ少佐が犯人であるということ——だけははっきりしていた。

事件はそれで万事解決ということになったかもしれない——ポアロと私がある夜、たまたま、ミセス・チャタトンという女性の催した夜会に出るはめにならなかったならば。

ポアロは社交上のつきあいを面倒がり、情熱的に孤独を求めると口ではいっていたが、じつのところ、そうした集まりに出るのが大好きだった。名士としてちやほやされ、もてはやされるということがこたえられなかったらしい。

褒められると、おりおりポアロは猫のように満足げにのどを鳴らした。とてつもなく大袈裟な讃辞を、まるで当然きわまる褒め言葉だといわんばかりに、やにさがって受けて、ここに書くのも気がさすような、何ともうぬぼれた受け答えをしていることさえあった。

おりおり彼はこのことについて私といいあいをした。

「しかし、きみ、私はアングロサクソンではないんだよ。なぜ、偽善的に謙遜して見せる必要があるんだね？　そうとも、きみらイギリス人のやり口は偽善者のそれさ。困難な飛行に成功した飛行士やテニスのチャンピオンはうつむいて、『いや、何でもありやしません』と口ではいうが、はたして本心はどうだろう？　そんなへりくだったことは、かたときも考えていないだろうよ。ほかの人間の離れ業に感心する人間なら、当然自分のやりとげたことに感嘆するだろう。ただ、たしなみぶかく、そういわないだけさ。だが私はそんなたちじゃあない。自分のもっているたぐいの才能がほかの人間のうちにあれば、いさぎよく脱帽するよ。たまたま、私の方の専門では私に匹敵するような人間はいないのでね、残念なことだが《セ・ド・マージュ》。そういうわけだから、私は自分が偉大な人間であると、てらいもなく、偽善的な謙遜などいっさいせずに、堂々と認めるよ。私には整然たる頭脳がある。それに方法《メソッド》、さらに人間の心理に関する知識がめったにないほど備わっている。何を隠そう、天下のエルキュール・ポアロなんだからね。なぜ、顔を赤くして口ごもったり、うつむいたりして、『じつは自分はとんだばか者でして』などと、わざわざへりくだる必要があるんだね？」

「たしかに、エルキュール・ポアロは一人しかいないよ」と私は認めた。いささかの悪意をこめて。さいわい、ポアロはそんな皮肉にはまるで気づかなかった。

ミセス・チャタトンはポアロのもっとも熱烈な讃美者の一人であった。狆《ちん》の奇妙な挙動から謎解きをすすめてポアロは、警察が名うての夜盗を逮捕するよう、彼女のために助力したことがあった。ミセス・チャタトンはおりさえあればポアロを口をきわめて褒めちぎっていた。

パーティーにおけるポアロはまったく見ものだった。一分の隙もないタキシード、輝くばかりの白いタイ、髪はシンメトリカルにまんなかから分けられ、ポマードがてかてか光り、手入れのとどいた有名なあの口髭がぴんとはね——どこから見ても折紙つきのダンディーだった。こういうおりには、この小男はとてもまともには扱いかねた。

十一時半ごろだったか、ミセス・チャタトンが不意に私たちの所にやってきて、崇拝者の群れからポアロを手際よく引き離した。私が後について行ったことはいうまでもない。

「あたくしの二階の小さな部屋にいらしていただきたいんですの」

ほかの客に聞こえない所まできたとき、ミセス・チャタトンは少し息を弾ませていった。「どの部屋のことか、ご存じでしょう、ポアロさん？　その部屋にあなたのお助けをぜひとも必要としている人がいます――助けて下さいますわね？　あたくしの親友の一人なんですの——ですからどうかお断わりにならないで下さいまし」

しゃべりながら先に立ってつかつかと歩いて、ミセス・チャタトンはとあるドアをぱっと開けはなった。そして開けながら叫んだ。「お連れしてきたわ、マーガリータ、あなたのしてほしいと思っている通りのことを何でもして下さるわ、この方。ねえ、ミセス・クレイトンを助けて下さいますわね、ポアロさん？」

もちろん承諾するものとひとりぎめして、ミセス・チャタトンもちまえの勢いのよい足どりで立ち去った。

ミセス・クレイトンは窓ぎわの椅子に坐っていたが、立ちあがって私たちの方に近づいた。喪服を着ていた。沈んだその黒が色白の肌をきわだたせ、まれに見る美しい女性であった。彼女にはどこか、むじゃきな子どもらしい率直さがあって、このため、その魅力はいっそう抗しがたいものとなっているのであった。

「アリス・チャタトンはとても親切で、お目にかかれるよう、すっかり計らってくれましたの。あなたならきっと、あたくしを助けて下さるだろうといいまして。もちろん、あたくしには何とも申せませんけれど――でも助けて下さればありがたいと思いますわ」

ミセス・クレイトンの差しだした手をポアロは取って、ちょっとの間握りしめ、立ったまましげしげと相手を見つめた。といってもぶしつけな様子はさらさらなく、有名なコンサルタントが案内されてきた新しい患者を眺めるような、やさしい、しかし鋭いまなざしであった。

「で、私にお助けできるとお思いなのですね？」とポアロはようやくいった。

「アリスはそういっていますわ」

「そう、しかし私はあなたご自身にうかがっているんですよ、マダム」

かすかな桜色が頰にさした。

「ご質問の意味がわかりませんが」

「あなたは私に何をしてほしいと思っておいでなのですか？」

「あたくしのこと――ご存じでしょうか？」

「もちろん」

「でしたらあたくしが何をしていただきたいと思っているか、おわかりだと思います、ポアロさま――そしてヘイスティングズ大尉」（彼女が私がだれか知っていることはうれしかった）

「リッチ少佐は、あたくしの主人を殺してはいらっしゃいません」

「なぜ、そういえるんです？」

「あのう――」

かすかにうろたえている美しい女性をポアロは微笑を含んで見やった。

「なぜ、殺さなかったといいきれるんでしょう？」

「あの――ご質問の意味がわかりませんが」

「単純明快な質問ですよ。警察――弁護士――だれも彼も同じ質問をすることでしょう――なぜ、リッチ少佐はクレイトン少佐を殺したのかと。しかし、私はまったく反対のことをあなたにおききしているのです、マダム。なぜリッチ少佐はクレイトン氏を殺さなかったのかと」

「あなたは――つまり、なぜ、あたくしが確信をもってそういうのかとおききになっていらっしゃるんですね？　ええ――あたくし、知っておりますの。リッチ少佐をたいへんよく存じあげていますから」

「リッチ少佐をたいへんよくご存じだからですか」とポアロは無表情な声で繰り返した。

ミセス・クレイトンは頬をぽっと染めた。

「ええ――だれでもそういいますでしょう――みんな、あなたのように考えるでしょうね。あたくしにはよくわかっております」

「それは本当です《セ・ヴレ》。みんなはあなたに、いま私がうかがった通りのことをきくでしょう――どのぐらいあなたは少佐と親しくしていらしたのかと。あなたは本当のことをおっしゃるかもしれない。うそをおつきになるかもしれない。女性はときとして、万やむをえずうそをつくことがあります。自分を守らなければなりませんし――うそは恰好の武器ですから。しかし女性が真実を告げなければならない相手が三人います。自分の懺悔聴聞師に——美容師に、私立探偵に——雇った男を信用していればですが。あなたは私を信用なさいますか、マダム？」

マーガリータ・クレイトンは深く息を吸いこんだ。「ええ、信用しておりますわ。というより、信用しなければならないと思います」とちょっと子どもっぽい口調でつけ加えた。

「ではあらためてうかがいましょう。あなたはどのぐらい、リッチ少佐とお親しいのですか？」

ミセス・クレイトンはポアロの顔を一瞬黙って見つめ、それから挑戦するように顎をあげた。

「お答えいたします。あたくし、ジャックをはじめて会った瞬間から愛しました——二年前のことです。最近ではあの人もあたくしを愛するようになったのではないかと思います、口に出してはいいませんでしたが」

「これはこれは《エパタン》！　あなたは遠まわしでなく、時を移さずに肝心なことをよくおっしゃって下さった。おかげで十五分はたっぷり、節約できましたよ。あなたはもののわかったお方ですね。さて、ご主人のことですが——あなたのお気持に気づいておいででしたか？」

「わかりませんわ」とマーガリータはゆっくりいった。「最近では——たぶん。態度が前と違っていましたから……でもあたくしの思いすごしかもしれません」

「ほかにはだれも知っている者はいないのですね？」

「そう思います」

「そして——おゆるし下さい、マダム——あなたはご主人を愛していらっしゃらなかった？」

こうした質問に、この夫人のようにあっさり答える女性はまずいないだろう。ほかの女性ならおそらく自分の気持を説明しようとつとめただろうから。

マーガリータ・クレイトンはあっさりいってのけた。「はい」

「なるほど《ビアン》。さて、これで状況がはっきりしました。あなたのお話によるとリッチ少佐はご主人を殺していない。しかしあなたご自身もご承知のように、すべての証拠はリッチ少佐の犯行を示唆しています。明らかになっている証拠に何か腑に落ちぬ点があるということを、個人的にご存じなのでしょうか？」

「いいえ、あたくしは何も存じません」

「ご主人はスコットランドへの旅行についてあなたにいつお話しになりましたか？」

「昼食の後でした。やっかいだが、行ってこなければならないと。何か土地の評価の問題だとか」

「それから」

「外出しました――たぶんクラブへ。あたくし――それっきり――主人には会いませんでしたの」

「つぎにリッチ少佐のことですが――その夜、彼の様子はどんなでしたか？　いつもと変わりませんでしたか？」

「はい、そう思います」

「確言はなさらないんですね？」

マーガリータは眉を寄せた。

「少し、ぎごちない様子でした。あたくしに対して――ほかの人にはそんなことはありませんでしたけれど。でもあたくし、その理由がわかるような気がしておりました。おわかりになりますでしょうか？　ぎごちないというか――ぼんやりした様子といった方がいいでしょうか――でもそれはエドワードとは何の関係もありません。エドワードがスコットランドに行ったと聞いてびっくりしていましたが、その驚きように、べつに不自然なところはなかったのです」

「その夜のことに関連して、ほかに何かとくに奇妙だとお思いになっていることはありませんか？」

マーガリータはちょっと考えてからいった。

「いいえ、べつに何も」

「例の――大櫃には気づいていらっしゃいましたか？」

マーガリータはかるくおののきつつ、首を振った。

「置いてあったことを覚えてもおりませんの――外見も。ずっとポーカーをしておりまして」

「だれが勝ちました？」

「リッチ少佐です。あたくしは運がわるくて。カーティス少佐も。スペンスさんご夫妻は少しお勝ちになりましたけど、おもに勝ったのはリッチ少佐でした」

「パーティーが終わったのは――何時ごろでした？」

「十二時半ごろでしょうか？　みんないっしょにあちらを出ました」

「なるほど」

ポアロは思いに沈んだ様子でちょっと黙っていた。

「もっとお話しできるといいんですけれど」とミセス・クレイトンはいった。「何ですか、申しあげられることがほとんどなくて」

「現在のことについてはね。しかし過去に関してはいかがです、マダム？」

「過去とおっしゃいますと？」

「そうです。ご身辺に事件が起こったことはありませんでしたか？」

ミセス・クレイトンは頬を染めた。

「あの自殺をした小柄な男の方のことをおっしゃっていますの？　あれはあたくしのせいではありませんわ、ポアロさん。ほんとうです」

「とりたててあの事件のことをいっているわけではありません」

「では、あのばかげた決闘騒ぎのことでしょうか？　でもイタリアの方って、よく決闘をなさいますから。あの男の方が命を取りとめたのはせめてもと思いました」

「たしかにほっとなさったでしょうね」とポアロは重々しい口調でうべなった。

ミセス・クレイトンは心もとなさそうにポアロを見あげていた。ポアロは立ちあがって夫人の手を取った。

「マダム、私はあなたのために決闘こそいたしませんが、ご依頼通りに行動いたしましょう。すなわち真実を見出しましょう。あなたの直感があたり――真実があなたをお助けし、害を及ぼさないとよろしいのですが」

私たちはまずカーティス少佐に会った。四十がらみの軍人タイプの、漆黒の髪、日焼けした顔の男であった。クレイトン氏とは数年来の友人で、リッチ少佐とも親しいと彼はいった。彼の話は新聞の報道を裏づけた。クレイトンと彼は七時半少し前にクラブで一杯やった。クレイトンはそのとき、ユーストン駅に行く途中、リッチ少佐の所に寄るつもりだといった。

「そのとき、クレイトン氏の態度はどうでした。沈んでいましたか？　威勢がよかったですか？」

少佐はちょっと考えた。口の重い男だった。

「かなり陽気でしたな」とぽっつりいった。

「リッチ少佐と仲違いしているというふうなことはいわなかったんですね？」

「とんでもない。二人は親友同士でしたよ」

「リッチ少佐と――奥さんとの友情についてクレイトンはべつに気をわるくしてはいなかったんですか？」

少佐は顔をまっかに紅潮させた。

「あんたも、ほのめかしやら、うそやらをさんざん並べた、あの糞いまいましい新聞記事を読んだんだな？　もちろん、クレイトンは、べつに気にしていませんでしたよ。私にいいましたっけ。『むろん、マーガリータは出席するよ』と」

「なるほど。ところでその夜の——リッチ少佐の態度ですが——いつもと変わりませんでしたか？」

「とくに気づきませんでしたね」

「ミセス・クレイトンは？　彼女もいつもと同じだったんですね？」

「そういえば」とカーティス少佐は考えながらいった。「あまり口をききませんでした。何か思いに沈んだようで、心ここにあらずというふうでしたよ」

「最初に到着したのはだれです？」

「スペンス夫妻でしょう。私が行ったときにはもう先着していましたからね。じつのところ、私はミセス・クレイトンの所に寄ったんですが、すでに出たということで、私自身、ちょっと遅参しました」

「その晩はどんなふうに？　ダンスですか？　それともカードでも？」

「両方を少しずつ。まずダンスをしましたな」

「全部で五人では、はんぱだったでしょうに」

「そう、だがそれは問題なかった。私はダンスはしませんから。私がレコード係を引き受けて、ほかの連中が踊ったんです」

「だれとだれの組合わせが一番ひんぱんでしたか？」

「そうですね、スペンス夫妻は夫婦で踊るのが好きなんです。踊っているうちに、何というか、熱がはいり、ファンシー・ステップを踏んだり」

「つまり、ミセス・クレイトンはリッチ少佐とほとんどもっぱら踊ったというわけですね？」

「まあ、そういうことになりますな」

「それからポーカーをなさった？」

「ええ」

「で、いつ、帰りました？」

「そう、かなり早く引き揚げましたよ。十二時を少し過ぎたころですかな」

「みなさん、ごいっしょですか？」

「そうです。くわしくいうと、タクシーを相乗りしましてね。まずミセス・クレイトンをおろし、ついで私がおり、スペンス夫妻はそのままケンジントンまで乗って行ったんです」

　われわれはついでスペンス夫妻を訪ねた。夫人しか在宅していなかったが、パーティーについての彼女の話はカーティス少佐のそれと一致していた。ただ、リッチ少佐がその夜のポーカーでずっとついていたことについて、多少意地の悪いことをいったが。

朝のうちにポアロはスコットランド・ヤードのジャップ警部と電話で打ち合わせていたので、私たちがリッチ少佐のフラットに到着したとき、従僕のバーゴインはわれわれが行くことをすでに警部から聞いて待っていた。

従僕の陳述は正確で、明快だった。

クレイトン氏は八時二十分前に見えた。おりあしくリッチ少佐はちょうど外出中で、クレイトン氏は、列車に間に合わないと困るので待つことはできないが、一筆置き手紙を書いていくと居間にはいって行った。主人がフラットにもどってきた物音には——ちょうど浴槽に水をいれていたので——気づかなかった。それに主人はもちろん、自分で鍵をあけて中にはいれるわけだし。十分後、主人は自分を呼んで、煙草を買ってきてくれといった。いや、自分は居間にははいっては行かず、戸口に立っていた主人の命令で外に出た。五分後、煙草を買ってもどって、居間に顔を出したときには、主人のほかにはだれもいなかった。主人は窓ぎわに立って煙草をくゆらしていたが、バスの用意はできているかとききき、はいと答えるとバスルームに行った。自分はクレイトン氏の訪問については何もいわなかった。たぶん主人がすでに会って送りだしたものと思ったので。主人の態度はふだんとまったく変わらなかった。主人が入浴をすませて着替えをして間もなく、スペンス夫妻、ついでカーティス少佐、それからミセス・クレイトンが到着された。

クレイトン氏が主人の帰宅前に立ち去ったかもしれないとはまったく思いもしなかった――とバーゴインは説明した。クレイトン氏が自分で玄関から出たとすれば、ドアの閉まる音が聞こえるわけだし。

そんなふうにまったく無表情にバーゴインは、死体を発見したときのことについても語った。そのときはじめて私は、問題の大櫃に注意を向けた。かなり大きなもので壁ぎわにプレイヤーと並べて置かれていた。何かの黒っぽい木で造られ、真鍮の留め金がやたら目立った。蓋はさりげなく開けられていたが、中をのぞいて私は身震いした。ていねいに拭いてはあったが、いまわしいしみが残っていたのだ。

とつぜん、ポアロが叫び声をあげた。「あそこに三つ四つ穴があいているね――奇妙だな。ごく最近穿《うが》たれたもののようだが」

穴は、箱の後部の壁を背にした側に三つ四つあいていた。直径四分の一インチほどで、たしかに最近あけられたもののようだった。

ポアロは身を屈めて穴をしげしげと眺めたあげく、物問いたげに従僕を見あげた。

「たしかにおかしゅうございますね。こんな穴を見た覚えはありません。気がつかなかったのかもしれませんが」

「まあ、いいさ」

大櫃の蓋を閉めて、ポアロは踵を返して窓に背を向けて立った。それからふときいた。

「ところで、あの晩、煙草を買ってもどったとき、この部屋の模様にふだんと違ったところはなかったかね？」

バーゴインは一瞬ためらったが、気が進まぬ様子で答えた。

「奇妙でございますね。そういわれてみると、たしかにふだんと違うことがございました。寝室からの隙間風を遮っているそこの衝立が――もう少し左に動かしてありまして」

「こんなふうにかね？」

ポアロはすばやく走り出て、衝立を引っぱった。革に彩色をした見事なもので、大櫃はもともとこれによって部分的に隠れていたのだが、ポアロが動かしたためにまるで見えなくなった。

「さようでございます。ちょうどこんなふうでございました」

「翌朝は？」

「やはり同じ位置にあったと思います。はい、衝立をふだんの位置に動かしましたときにしみが見えまして。絨毯はいまは洗濯屋に出してあります。それで床板がこのようにむきだしになっておりますので」

ポアロはうなずいた。

「なるほどね。いや、ありがとう」

こういってパリパリの紙幣を一枚、従僕の掌の上に置いた。

「ありがとうございます」

「ポアロ」私は通りに出たときにいった。「あの衝立のことだが——リッチにとって有利なのかね」

「いや、かえって不利に働くだろうね」とポアロは悲しげにいった。「衝立は大櫃を隠していた。ということは、絨毯の上のしみも隠されていたということだ。遅かれはやかれ、血は木の櫃からしみ出て絨毯を汚すにきまっていた。衝立はさしあたって発見を防ぐ役をした。それはたしかだ——しかしどうもわからないことがある。あの従僕だよ、ヘイスティングズ、従僕さ」

「従僕がどうしたんだい？　なかなか頭の働く男のようじゃないか」

「そう、きみのいう通り、なかなか利巧な男だよ。してみると従僕が朝になったら死体を発見するだろうということを、リッチ少佐が考慮にいれていなかったとは考えられないのではないかね？　犯行直後、始末する時間がなかったということは認めてもいい。

そこで大櫃に押しこみ、衝立を大櫃の前へと動かし、まあ、どうにかなるだろうとたかをくって客の接待をしたとする。しかし客が帰った後は？　死体を始末する絶好の機会じゃないか」

「従僕が気がつかないだろうと思ったんじゃないかね？」

「そいつは不合理じゃないか、きみ《モナミ》。行き届いた従僕が絨毯のしみを見落とすわけはない。ところがリッチ少佐はベッドにはいって安眠し、死体の始末どころか、何もしなかったんだからね。奇妙だし、なかなか興味ぶかいよ、このことはね」

「カーティスにしても、前夜レコードをかけかえたときにしみに気づいてもよかったんじゃないかな」

「それはまず、ありそうにないね。ちょうどその位置には衝立の影がさしていたろうし。いや、しかし、わかってきたよ。おぼろげながら」

「何がわかったんだね？」と私は熱心にきいた。

「可能性さ——何というか、べつな説明もできるという。次の訪問先で、ある程度のことははっきりするかもしれないな」

　次にわれわれが訪れたのは検死を担当した医師だった。その証言は検死審問の際の報告の繰り返しに過ぎなかった。被害者は長い薄刃のナイフ——短剣《スティレット》に近い——で心臓に達するまで深く刺されて死んだ。ナイフは傷に突き刺したままになっており、即死と思われる。凶器はリッチ少佐の所持品で通常書き物机の上に置かれていた。ナイフには指紋はまったく残っていなかったと聞いている——と医師はいった。犯人が拭いたか、柄をハンカチーフで包んでいたんだろう。死亡時刻は七時から九時の間と思われる。

「たとえば十二時以降に殺されたということはありえませんか？」とポアロがきいた。

「いいえ。それはたしかです。せいぜい十時まで——まあ、七時半から八時あたりでしょうな」

「じつのところ、べつな仮定も可能なのさ」と帰宅したとき、ポアロはいった。「きみが気づいたかどうか。私にはきわめてはっきりしている。ある一点が解明されれば、この事件は解決されるよ」

「わからんね、ぼくにはまるで」

「だがせめても解明しようと努力してみたまえ、ヘイスティングズ」

「じゃあ、やってみるか。七時半にはクレイトンはぴんぴんしていた。生きている彼に最後に会ったのはリッチだったわけだ」

「推測ではね」

「へえ、そうじゃないのかね？」

「きみは忘れているね。リッチ少佐自身は、それを否定しているんだよ。彼がもどったときにはクレイトンはすでに立ち去っていたと言明しているんだから」

「しかし従僕は、もしもクレイトンが立ち去ったとすれば、ドアをガチャンと閉めるだろうから当然自分に聞こえたはずだといっている。それに、いつ、もどったんだろう？真夜中すぎにもどったということもあるまい。医師は、遅くとも十時前には死んでいたはずだと断言しているんだから。とすれば、残された可能性は一つだけだ」

「そう、それで？」とポアロがきいた。

「つまりクレイトンが居間にひとりでいた五分の間に、だれかがはいってきて彼を殺したということだ。しかしこの場合にも同じ疑問点が残る。鍵をもった者以外は、従僕に知られずにフラットにはいることはできない。同様に、殺人者が犯行後、フラットを出たとすれば、玄関のドアを音を立てて閉めなければならなかっただろう。当然、従僕に聞こえたはずだ」

「その通り」とポアロはいった。「だから――」

「だから――お手上げだよ、ほかの答は思いつかないね」

「残念だね」とポアロは呟いた。「ごく単純なことなんだが――マダム・クレイトンの澄んだ青い目のように天衣無縫で」

「きみは信じているんだね――つまりその――」

「私は何も信じないよ――証拠をつかむまではね。ほんのちょっとした証拠がありさえすれば、確信がもてるんだが」

ポアロは、警視庁に電話してジャップを呼びだした。

二十分後、われわれはテーブルの上に並べられた雑多な品を前にして立っていた。被害者のポケットの中身であった。

ハンカチーフ一枚、ひとつかみの小銭、三ポンド十シリングいりの財布、請求書二枚、マーガリータ・クレイトンの手ずれのしたスナップ写真一枚。それからポケットナイフ、金のシャープ・ペンシル、ほかにごつい木製の道具。

この道具にポアロはとびついた。ねじまわしで開けると数枚の小さな刃が出てきた。

「ね、ヘイスティングズ、錐《きり》一式だ。これがあれば数分で穴がいくつかあけられるよ」

「あの穴のことかね」

「その通り」

「つまり穴をあけたのはクレイトン自身だというんだね？」

「そうとも《メ・ウィ》――そうとも《メ・ウィ》！　で、何を語っていると思うね、この穴は？　外をのぞくためではない。大櫃の後部にあけてあったんだから。じゃあ、いったい何のためだ？　空気穴では？　しかし死体には空気穴の必要はない。したがって殺人者があけたわけはない。その穴は一つのことを語っている――たった一つのこと――一人の男があの大櫃の中に隠れていたのだということを。その仮定に立つとすべてが明らかになる。クレイトン氏は、妻とリッチが親しいということで嫉妬していた。ごく昔からよく使われてきた手だが、彼は旅に出るといっておきながら、リッチが外出するのを見すまして彼のフラットを訪ね、置き手紙をするからとひとりにしてもらい、てばやく大櫃に穴をあけ、中に隠れた。その夜は彼の妻がリッチ家にくることになっていた。リッチは他の客を遠ざけるかもしれない。それとも妻が後に残るかもしれない。あるいはいったん帰るふりをしてもどるかも。いずれにせよ、クレイトンは真相を知るわけだ。何であれ、彼が堪えている地獄の苦しみよりはましだというわけだったのだろう」

「つまり、きみはリッチが客の帰った後でクレイトンを殺したというのかね？　しかし医師は、それは不可能だといったじゃないか」

「そうとも。だからして、ヘイスティングズ、クレイトンはもっと早くに殺されたに違いないのさ」

「だが、客はみんなその部屋の中にいたんだぜ！」

「まさにね」とポアロは重々しい口調でいった。「じつに巧妙だよ。〝客は、その部屋の中にいた〟。何という完全なアリバイだ。何という沈着さ——不敵さ——大胆さだ！」

「どうも私にはまだよくわからないが——」

「衝立のかげに行ってプレイヤーを回し、レコードをとりかえたのはだれだね？　プレイヤーと問題の大櫃は並んでいたんだよ。ほかの連中はダンスをしており——レコードが鳴っていた。ダンスをしない、ただ一人の男は大櫃の蓋を開けて、そっとふところに忍ばせていたナイフを中の男の体に突き刺したのさ」

「まさか！　声をあげて叫ぶだろうに」

「前もって薬を盛られていたとすれば？」

「薬を盛られていた？」

「そうだよ。七時半にクレイトンはだれといっしょに一杯やったんだっけ？　さあ、これでわかったろう？　カーティスさ！　カーティスが妻とリッチに対する疑いをクレイトンの心に燃え立たせたのさ。そしてこの計画——スコットランド行きの作りごと、大櫃の中に隠れるということ、最後には衝立をずらすといった手筈までことごとく提案したのさ。クレイトンが蓋を少しあげて一息つくためではない——彼カーティスがその蓋をこっそり持ちあげられるようにね。計画はカーティスが立てた。じつに巧妙じゃないか、どうだい、ヘイスティングズ？　リッチが衝立が動かされているのに気づいてもとへもどしたとしても――どうということはない。べつな計画を立てりゃいいんだから。クレイトンは大櫃の中に隠れた。カーティスが盛った、あまり強くない睡眠薬が効を奏し、クレイトンは前後不覚に寝入っていた。カーティスは蓋を持ちあげて刺す――レコードは鳴りつづける。《いとしい人と夜道を》という曲でもね」

私はやっとの思いでいった。「なぜだ？　なぜ、そんな大それたことを？」

ポアロは肩をすくめた。

「自殺した男がいたとあの奥さんはいったね。なぜだ？　二人のイタリア人が決闘をしたとも。なぜだ？　カーティスは暗い、情熱的な気質の男だ。マーガリータ・クレイトンをわがものにしたかったのさ。夫とリッチが二人とも消えれば、マーガリータは彼に注意を向けてくれる――まあ、そう思ったんだろうね」

ポアロはしんみりつけ加えた。

「ああいう天真爛漫な子どもらしい女……ああいう女性はすこぶる危険なんだよ、しかしそれにしても、何という芸術的な犯行だ。傑作というほかないよ！　それほどの男を絞首刑にするのは胸が痛むね。私自身、天才かもしれないが、それだけにほかの人間の中の天才をそれと認めることができるのさ。完全犯罪だよ、きみ《モナミ》。このエルキュール・

ポアロがいうんだからたしかだ。完全犯罪だ、大したもの《エパタン》だよ！」

あなたの庭はどんな庭？

How Does Your Garden Grow？

エルキュール・ポアロは来信をきちんと重ねてテーブルの上に置いた。それから一番上の封書を取りあげて差し出し人の住所をちらっと眺めた後、とくにそのために朝食用のテーブルの上に備えつけてある小さなペーパーナイフで手ぎわよく封を切り、中身を取り出した。少し小ぶりの封筒で、紫色の封蠟で封をして〝極秘親展〟と上書きされていた。

エルキュール・ポアロはちょっと眉をあげて口の中で呟いた。「お待ちなさい《パシャンス》、いま《ヌ・ザ》開けますよ《ロン・ザリヴェ》！」そしてもう一度、ペーパーナイフで封を切った。内側の封筒の中から手紙が出てきた。少しふるえた、細いのたくった筆蹟で、ところどころに傍点が打ってあった。

エルキュール・ポアロは手紙をひろげた。冒頭にもう一度、〝極秘親展〟とあり、右手の上部に住所が記されている。バッキンガムシャー、チャーマンズ・グリーン、ローズバンク荘。日付は三月二十一日。

ポアロさま

最近わたくしが思い悩んでいることについて、古くからの親しい友だちがあなたさまにご相談したらといってくれました。と申しましてもこの友だちはじっさいの事情を知っているわけではありません――そのことについてはまだわたくしひとりの胸におさめて、他人には一言も口外しておりません――ごく私的な問題だものですから。わたくしの友だちはあなたはその点、とてもよく心得ておいでで――警察沙汰になる恐れはまったくないと請け合ってくれました。わたくしの疑惑が正しいということがわかった場合、警察とかかりあうのはわたくしとしてはたいへん不本意なのでございます。また、もちろん、わたくしの臆測がまったく間違っているということもありえます。近ごろは頭脳明晰とはいえず――不眠症に悩まされておりますし――自分ではとても調査できないと思うのです。つまり、わたくしにはこのことに対処できる手段も能力もないのでございます。その一方、繰り返しになりますが、これはまったくデリケートな家族内の問題でして、わたくし自身、さまざまな理由から結局はいっさいを表沙汰にしたくないと考えるかもしれません。真相を突きとめられれば、それなりに自分で対処することも可能でしょうし、できればそうしたいと思っております。この点について、こちらの意のあるところをお汲みいただけるでしょうか？　調査を引き受けて下さるのでしたら、上記の住所にご一筆下さいますよう。

かしこ

アミーリア・バロウビー

ポアロは手紙を二回通して読んだ。そしてまたちょっと眉を吊りあげた。それから手紙を片側に置き、次の封筒を取りあげた。

きっかり十時に彼は、秘書のミス・レモンが坐ってその日の仕事について彼の指示を待っている部屋にはいって行った。ミス・レモンは四十八歳。愛嬌たっぷりとはいいがたい、いかつい風貌の女性で、骨をひとからげにして無造作にくくったという感じがした。ポアロにひけを取らぬくらいの整理魔で、思考力はなかなか大したものだったが、命じられない限り、それを役立てなかった。

ポアロはミス・レモンに、その朝受けとった手紙をまとめて渡した。「すみませんが、マドモアゼル、どれにもはっきり、しかし婉曲に、断わりの返事を書いて下さい」

ミス・レモンはその手紙の一つ一つに目を走らせ、象形文字のような符牒を書き流した。この象形文字を読めるのは彼女だけで、一種の私的暗号であった。〝やんわりと〟〝ぴしゃりと〟〝うれしがらせる〟〝そっけなく〟といった意味のものである。手紙に一通り目を通すと、ミス・レモンはうなずいて、雇い主を見あげた。

ポアロはそこで彼女にアミーリア・バロウビーの手紙を渡した。ミス・レモンは二重封筒からそれを取り出して目を走らせ、物問いたげに見あげた。

「これが何か——?」いつでもメモを取れるように速記帳の上に鉛筆を構えて、ミス・レモンはきいた。

「この手紙をどう思います、ミス・レモン?」

ちょっと眉を寄せてミス・レモンは鉛筆を置き、もう一度手紙を通読した。

ミス・レモンにとっては手紙の内容というものは、適切な返事を作文するという見地からのみ、意味をなす。ポアロはしばしば、秘書としてのミス・レモンでなく、人間としてのその一面に訴えることがあった。雇い主がそういう態度を取るとき、ミス・レモンはいささか心外らしかった——彼女は完全な器械といってもいい人柄で、人事一般には徹底して関心がなかった。ミス・レモンの人生における情熱は、他のすべての分類整理法を無意味にするような完璧な書類分類法を案出することだった。そうした方法を夢に見ることさえあった。しかしながら、ミス・レモンが純粋に人間的な問題についても、その気になればなかなかの知性を示しうることを、ポアロはだれよりもよく知っていた。

「で、どうです？」とポアロがきいた。

「お年よりですね。かなり取り乱しておられるようですけど」

「ほう、かなり乱している――そう、あなたは考えるんですね？」

ミス・レモンは、あなたも昨日や今日、イギリスにきたわけではなし、〝取り乱す《ウインド・アップ》〟ぐらいの表現は当然わかるはずなのにという思いいれで、一瞬何も答えずに、二重封筒をちらりと眺めやった。

「秘密めかした書きかたですね。何をいおうとしているか、読んでもはっきりしません」

「そう」とポアロはいった。「私もそれには気づいていた」

ミス・レモンの片手はもうそのぐらいでよろしいのではというように速記帳の上に置かれた。ポアロもやっとその無言の問いかけに応じた。

「いつでもお申し出のときにお訪ねさせていただくと返事を書いて下さい。そちらから出向くとおっしゃるなら、それでもけっこうですと。返事はタイプでなく――ペン書きで願います」

「承知しました」

ポアロは封筒をさらにいくつか差しだしていった。「こっちのは請求書です」

ミス・レモンはてきぱきとそれを仕分けした。「この二枚以外は払っておきます」

「なぜ、この二つをべつにするのです？　金額にも誤りはないようだが？」

「この二つの店はごく最近、取引するようになったばかりです。顧客になってまだ日も浅いのに、そう簡単に支払いをするのは危険です。後で信用買いをするために機嫌を取っているのだと思われてもつまりませんから」

「なるほど！　イギリスの業者についてはあなたはさすがに一見識ありますね！」

「あの連中のことならたいていのことは承知しております」とミス・レモンは苦々しげに答えたのだった。

ミス・アミーリア・バロウビーへの手紙にたいする返事はこなかった。おそらく――とポアロは思った――自分で解決したのだろう。しかしそれならそれで、ご協力いただく必要はなくなりましたと書いてよこすくらいのことはしてもよさそうなものなのにと少し意外な感じをもった。

五日後のこと、ポアロから例の朝の指示を受けた後、ミス・レモンがいった。「ミス・アミーリア・バロウビーという方から返事がこないのも無理はありません。亡くなられたようです」

ポアロは低い声で呟いた。「ほう、亡くなった？」質問ともつかぬ口調だった。

ミス・レモンはハンドバッグをあけて新聞の切り抜きを差しだした。「地下鉄の中で見つけて、破っておきましたの」

ミス・レモンは〝破った〟という言葉を使ったが、きちんとはさみで切り抜いてある。なかなかよろしいと心の中で考えながら、ポアロはモーニング・ポスト紙の〈誕生・死亡・結婚の欄〉の記事の一つを読んだ。「チャーマンズ・グリーン、ローズバンク荘のミス・アミーリア・ジェーン・バロウビー。三月二十六日、急死。享年七十三歳。個人の遺志により献花は辞退」

ポアロは目を通してから口の中で、「急死か」と呟いた。それからてきぱきといった。「すみませんが、手紙をタイプしてくれませんか、ミス・レモン？」

ミス・レモンは鉛筆を構えた。そして分類整理法についてあいかわらず沈思しながら、さらさらと読みやすい速記体で筆記した。

ミス・バロウビー

お返事がありませんが、ちょうど金曜日にチャーマンズ・グリーンの近郊にまいりますので、お寄りして、お申し越しの件につき、くわしくご相談申しあげたいと存じます。

敬具

「この手紙をタイプして下さい。すぐに投函すれば、今夜のうちにチャーマンズ・グリーンに着くでしょう」

翌朝の第二便で、黒枠の封筒が折り返し送られてきた。

お手紙拝承いたしました。叔母のミス・バロウビーは去る二十六日に亡くなりました。したがってお申し越しのことは必要がなくなったのではないかと存じます。

かしこ

メアリー・デラフォンテーン

「必要がなくなったか……それはどうかな。前進《アナヴアン》！　チャーマンズ・グリーンに行ってみるとしよう」

ローズバンク荘はその名にふさわしい花の咲き乱れる家だった。この程度の民家としては、これはなかなか大したことだ。

エルキュール・ポアロは玄関へ通じる小径《こみち》を歩きながらおりおり立ち止まって両側の花壇に感嘆のまなざしを走らせた。いずれもよく計画されて作られている。もっと後の開花を約束しているバラの木もあったが、らっぱ水仙、早咲きのチューリップ、青いヒヤシンスといった花々がいまを盛りと咲いていた。花壇の一つの一部は貝殻で縁どられていた。

ポアロはひとりごとのように呟いた。「子どもたちがよく歌うあのイギリスの童謡はどういう文句だったっけ？

つむじまがりのメアリーさん
あなたの庭はどんな庭？
トリガイの殻、銀の鈴
きれいなねえさん、ひとならび

ひとならびじゃあないが、少なくとも歌の文句通りに、きれいなねえさんが一人、出てきたぞ」

玄関のドアが開き、キャップとエプロンをつけた小ぎれいなメイドがポアロを少々うさんくさげな表情で眺めた。外国人らしいが、口髭を蓄え、庭の前に立って何やらブツブツいっている——奇妙な人だと思っているようだった。このメイドはつぶらな青い目とばら色の頬の、じっさいなかなかきれいな娘だった。

ポアロはいんぎんに帽子を持ちあげていった。「ちょっとおたずねしますが、ミス・アミーリア・バロウビーとおっしゃる方はこちらにお住まいですかな？」

メイドははっと喘ぎ、つぶらな目をいっそうまるくした。「まあ、ご存じありませんでしたの？　ミス・バロウビーはお亡くなりになりました。とても急で。つい火曜日の夜のことでございます」

彼女はちょっとためらった。二つの同じくらい強い本能の間で思い迷っているらしかった。一つは外国人に対する不信の念。もう一つは、彼女の階級に総じて見られる、病気とか死といった話題について好んで語りたがる傾向。

「これは驚きました」とエルキュール・ポアロは何食わぬ顔でいった。「今日、お目にかかることになっていたんです。しかしここにお住まいのもうおひとかたのご婦人にお目にかかれないものでしょうか？」

メイドはちょっとあやふやな口調でいった。「奥さまにですか？　さあ、ひょっとしたら、お会いになるかもしれませんけれど。でもたぶん、いまはどちらさまにもお目にかからないんじゃないでしょうか」

「私には会って下さいますよ」とポアロはいって名刺を差しだした。

その声音に表われた権威は効を奏した。ばら色の頬のメイドは後じさりして、ポアロを玄関の間の右手の居間に案内した。それから名刺を手に、〝奥さま〟を呼びに行った。

エルキュール・ポアロはまわりを見まわした。ごくありきたりの居間だった。オートミール色の壁紙の上方には帯状装飾《フリーズ》がめぐらされ、ぱっとしないクレトン更紗の椅子カバー、ばら色のクッションとカーテン、陶製のこまごました置物や装飾品。とくに目立つようなもの、はっきりした個性を打ち出しているものは何一つなかった。

ポアロはきわめて鋭敏な人間だった。このとき彼はだれかが自分を見つめているのを感じて、とつぜん、くるっと振り返った。

フランス窓の所に一人の少女が立っていた——小柄な顔色のわるい娘で、漆黒の髪、疑りぶかそうな目をしていた。

少女は居間にはいってきて、会釈したポアロに唐突に質問を浴びせた。「あんた、どうして、ここへきたの？」

ポアロは答えずに眉を吊りあげた。

「弁護士さんじゃないわね——違うでしょ？」その英語はブロークンではなかったが、当人がイギリス人だと考える者はまずいまいと思われる外国訛りがあった。

「なぜ、弁護士かときいたんですか？」

少女はむっつりと相手を見つめた。「ひょっとして弁護士さんじゃないかと思ったの。ミス・バロウビーは自分で自分のやっていることがわからなかったんだ——そういいにきたんじゃないかって。聞いたことがあるわ、不当な影響力とか何とか——そんなふうにいうんでしょうけど、でもそれはうそよ。あの人、あたしにほんとうにお金をくれたかったのよ。あたし、自分のものにして見せるつもりよ。必要なら、自分で弁護士を雇うわ。お金はあたしのよ。あの人がそうちゃんと書き残したんですもの。あたし、きっともらうつもりよ」

つんと顎をつきだし、目を閃かしてこういった顔はみにくく見えた。

ドアが開いて、背の高い婦人がはいってきた。「カトリーナ」

少女はぎょっとした様子で顔を赤らめ、何か口の中で呟いて、フランス窓から出て行った。

ポアロは、一言名を呼んだだけでこの場を見事に収拾した人物の方へと向き直った。いまの声には権威がこもっていた。さらに軽蔑と、育ちのよさの下にひそむ一種の皮肉が。ポアロはすぐ、これこそ、この家の女主人メアリー・デラフォンテーンだと察した。

「ポアロさんですか？　お返事を差しあげたのですが、ごらんになっていないようですわね」

「じつはしばらくロンドンを離れておりまして」

「ああ、それでわかりました。ご挨拶申しあげなくては。わたし、デラフォンテーンと申します。こちらはわたしの主人。ミス・バロウビーは叔母でございます」

デラフォンテーン氏は足音を立てずに居間にはいってきたらしく、ポアロはそれまでその存在に気づかなかったのだった。背の高い、白髪まじりの、少々あいまいな態度の男だった。神経質そうに顎をいじくる癖があった。ちょいちょい妻の方に目をやり、会話の舵取りはどうやら妻に任せているらしかった。

「お悲しみの最中にとつぜんうかがいまして、まことに申しわけありません」とエルキュール・ポアロはいった。

「ご存じなかったんですもの、仕方ありませんわ」とミセス・デラフォンテーンはいった。

「叔母は火曜の晩に亡くなりました。ほんとうに急でして」

「まったく急だった」とデラフォンテーン氏が相槌を打った。「たいへんなショックでした」と外国人らしい少女が消えた窓の方を眺めつついった。

「まことに申しわけありませんでした。失礼いたしましょう」とポアロは一歩ドアの方に踏みだした。

「ちょっとお待ちください」とデラフォンテーン氏がいった。「あなたは――その――アミーリア叔母とご面会の――約束があったとか」

「その通りです《パルフェトマン》」

「そのことをわたしどもにお話し下さってはいかがでしょう。何か、わたしどもにできることがあれば――」と妻がいった。

「それがしごくプライヴェートな性質のものでして」とポアロはいった。「じつは私は私立探偵なのです」とさりげなくつけ加えた。

デラフォンテーン氏がちょうどいじくっていた小さな陶器の人形を倒した。しかし妻の方はけげんそうな顔をしただけだった。

「探偵ですって？　探偵さんに叔母が面会の約束を？　まあ、何て奇妙なんでしょう？」とポアロを見つめた。「もう少しお話し下さるわけにまいりませんか、ポアロさん？　何ですか——突拍子もないことみたいですけれど」

ポアロはちょっと沈黙した後、用心ぶかく言葉を選んでいった。

「じつはマダム、どうしたらいいか、私もいささか判断に苦しんでおりまして」

「ええ、その——叔母は」とデラフォンテーン氏が口をはさんだ。「ロシア人のことはいっていませんでしたか、手紙の中で？」

「ロシア人？」

「そう——つまり、共産主義者だとか、赤だとか、そういったことを」

「おかしなこと、おっしゃらないで下さいな、ヘンリー」と妻がいった。

デラフォンテーン氏はすぐ謝った。「ごめんよ——ただそんな気がしただけさ」

メアリー・デラフォンテーンは率直そうな表情でポアロを見やった。その目はたいへん青く——忘れな草の色だった。「少しでもお話しいただければありがたいのですけれど。じつは聞かせていただきたいと思う理由が——ありまして」

デラフォンテーン氏がぎょっとしたように口をはさんだ。「気をつけた方がいいよ、おまえ——大したことは書いてなかったのかもしれんのだし」

妻はふたたび夫をじろっと見やって黙らせた。「いかがでしょうか、ポアロさん？」

ゆっくりと重々しくポアロは首を振った。いかにも残念そうに、だがきっぱりと、

「さしあたっては、マダム、何も申しあげない方がよろしいかと存じます」

こういうと一礼し、帽子を取りあげてドアの方に歩いた。メアリー・デラフォンテーンは玄関まで送りに出た。階段の所でポアロは立ち止まって彼女をじっと見やった。

「庭いじりがお好きなようですね、奥さま？」

「はあ？　ええ、庭の手入れにはかなり時間をかけておりますの」

「じつに大したものですなあ《ジュ・ヴ・フェト・メ・コンプリマン》」

ポアロはもう一度頭をさげて門の方へと大股に歩いた。門を出て右に曲がった所で、立ち止まり、ちらりと後ろを振り返って、彼は二つの印象を胸に刻みつけた——一つは二階の窓からこっちの様子をうかがっている血色のわるい顔、もう一つは通りの向こう側を行ったりきたり歩いている姿勢のいい、軍人らしい物腰の紳士。

エルキュール・ポアロはうなずいた。「たしかに《デフィニティブマン》、この穴にはネズミがいるようだぞ。さて、猫としては、いかなる行動に出るべきかな？」

決心がついたらしく、彼は手近の郵便局に行った。ここで彼は二カ所に電話した。結果は満足すべきものだったらしく、そこからチャーマンズ・グリーンの警察署におもむき、シムズ警部に面会を求めた。

シムズ警部は大柄ながっしりした、らいらくそうな男だった。「ポアロさんですか？　そうだと思いましたよ。たったいま、警察本部長からあなたのことで電話があったんです。あなたがお立ち寄りになるかもしれないと。さあ、どうぞ、私のオフィスにおいで下さい」

ドアが閉まると警部はポアロに椅子を勧め、自分も坐ると、強い関心をあらわにして客を見つめた。「これはまた、いちはやく嗅ぎつけられたものですな、ポアロさん。われわれがこれは怪しいと気づく前にこのローズバンク荘事件に関してわれわれの所においでになった。いったい、どういうきっかけでまた？」

ポアロは例の手紙を取り出して警部に渡した。警部は興味ありげに一読していった。

「面白いですな。ただやっかいなことに、手紙のいわんとしている事柄についてはいろいろと解釈が分かれるでしょう。もう少しはっきりしたことを書いておいてくれると助かるんですが。そうすればこの際、われわれとしても手間が省けたでしょうに」

「手間をかける必要そのものがなくなったとも考えられますな」

「つまり？」

「当人が生きていたかもしれませんから」

「そこまでお考えですか？　なるほど——さあ、あなたのお考えが間違っているともいいきれませんな」

「事の次第を話していただけませんか、警部。私は何一つ知らないのですから」

「お安いご用です。ミス・バロウビーは火曜の夕食後、急に加減が悪くなった。激しい症状で、ひきつけを起こし、手の下しようもなく医者が呼ばれましたが、医者の到着前にことされたのです。発作だと思われたのですが、医者はいろいろ考え合わせて、納得がいかなかったのです。やんわりと婉曲に、しかしきっぱり、彼は死亡診断書を出すわけにはいかないといいました。家族に関する限りはそういった状態でして、死体解剖の結果が出るのを待っているのですが、警察はもう少し内偵を進めています。医者はすぐ知っている限りのことを話してくれ——警察医といっしょに検死解剖に当たったのですが——結果は疑いの余地はなく、はっきりと出ました。ミス・バロウビーの死因はストリキニーネの大量服用でした」

「ほう！」

「そうなんです。何とも悪らつな事件です。問題は、だれがストリキニーネを盛ったかということです。死のほんの少し前に与えられたものに相違ありません。まず考えられたのは夕食のときに食事に混入されていたのではないかということでした——しかし率直にいって、その可能性はなさそうです。夕食に家族が食べたのは蓋付きの深皿についだアーティチョークのスープ、魚のパイ、それにアップル・タルトといったものでした」

「家族といいますと？」

「ミス・バロウビー、それにデラフォンテーン夫妻です。ミス・バロウビーは看護婦のような仕事をする付き添いを雇っていました——ロシア人の混血児です——しかしこの娘は家族とはべつに食事をしました。家族の残りものですませたそうです。メイドもいるのですが、ちょうど外出日に当たっていました。スープの鍋をこんろの上に載せ、魚のパイをオーブンにいれて出かけたのです。アップル・タルトは冷たいまま供されました。三人とも同じものを食べたのです——それにそんな食事とまぜてストリキニーネを、だれにもせよ、食べさせるということがどうしてできるでしょう？　あれはひどく苦い味ですからね。医者は私に、千分の一倍に薄めてもすぐわかるといいましたよ」

「コーヒーはどうでしょう？」

「コーヒーなら考えられます。しかしミス・バロウビーはコーヒーは飲まない習慣だったそうです」

「なるほど。たしかにこれはむずかしいケースですね。夕食の際の飲みものは？」

「水です」

「ますますもっていけませんな」

「まったくちょっとした謎です」

「富裕だったんですか、老婦人は？」

「たいへん富裕だったようです、もちろん。われわれとしては正確なところはまだ知るにいたっていませんが。デラフォンテーン夫妻の方はかなり金に詰まっているようです。私が調べた限りでは。ミス・バロウビーが家計を援助していたのです」

ポアロは微笑していった。「するとあなたはあの夫婦を疑っておいでなんですね。どっちをです？」

「とくにどっちをというわけでもありません。しかしミス・バロウビーの唯一の近親ですし、彼女が死ねば、まとまった金がはいるに決まっています。そういう場合、人間性というやつがどう働くか、それはわれわれみな、先刻承知の通りで」

「というより、ときとして非人間性がどう働くかでしょうね。そう――それは真理です。さて、そのほかに、ミス・バロウビーが飲み食いしたものはないというんですね？」

「それがじつは――」

「そらそら《ヴオアラ》、何か隠していることがおありだと思っていましたよ――とっておきの情報という奴をね。スープ、魚のパイ、アップル・タルト――これじゃ話になりません。これからが核心に迫るわけでしょうな」

「さあ、それはどうですかな。がまあ、こういうことなんですよ、老婦人は食事の前にはいつも、カプセルにはいった薬を服用していたんです。つまり丸薬でも、錠剤でもない、カプセル入りの薬をです。米の粉を固めた中に粉薬がはいっているというあれですよ。まったく無害の消化剤か何かがね」

「面白い。カプセルにストリキニーネをいれて本物の薬と取りかえておくなんぞ、朝飯前ですからね。味わうまでもなく、水といっしょにのどを通ってしまうんですから」

「そう考えるのはごもっともですが、問題はそれをミス・バロウビーに服《の》ませたのが例の女の子だったということです」

「ロシア人の女の子のことですか？」

「そう、カトリーナ・リーガーといいますが、彼女はミス・バロウビーの看護婦兼付き添いといったものだったんです。かなりこき使われていましたね。あれを取ってこい、それを取ってこいと顎の先で。やれ、背中を掻けの、薬を用意しろの、薬屋に一っ走りしてこいの——といった具合です。ああいうたちの老婦人は——気はいいんですが、まわりの者を奴隷よろしく、こき使わずにはいられないんですな」

ポアロは微笑した。

「まあ、そんな状況です」とシムズ警部は続けた。「どうもすっかり辻褄が合うというわけにはいかないんでしてね。なぜ、あの女の子が老婦人を毒殺する必要があったんでしょう？　ミス・バロウビーが亡くなれば、彼女は職を失うでしょう。この節、働き口はなかなかありません——とくべつな訓練を受けているわけでもないのですし」

「もしもカプセル入りの薬の箱が出しっぱなしになっていたとすれば、あの家の者ならだれでも、すりかえる機会があったわけでしょう？」

「もちろん、それについては調べてみましたよ、ポアロさん。われわれとしても腕をこまぬいているわけではないんでして——まあ、内々で調査を進めているんですよ。薬はいつ調合されたか？　いつもどこに置いてあるか——根気よく基本的な手続きを踏むってことが、結局はものをいいますからね、それに、ミス・バロウビーの弁護士に会う必要もあります。明日面会することになっているんですよ、銀行の支店長とも。なすべきことはまだいろいろとあります」

ポアロは立ちあがった。「ご親切ついでにもう一つお願いしたいんですが、シムズ警部。事件の進捗状況を電話ででもお知らせいただけるとたいへんありがたいと思います。これが私の電話番号です」

「よろしいですとも、ポアロさん。二人で考える方が一人で考えるよりいいのはわかりきったことです。それに、あなたとしても、事件の解決に一役買いたいとお思いになるのは当然です。ミス・バロウビーからあんな手紙を受けとっておられるんですし」

「ご親切、痛みいります、警部」とポアロはいんぎんに握手して立ち去った。

翌日の午後、シムズ警部から電話があった。「ポアロさんですか？　シムズ警部です。例の一件の真相が俄然、明らかになりはじめました。なかなか面白い進展ですよ」

「本当ですか？　どうか、話して下さい」

「まず第一にです――これはかなり重要ですよ。ミス・Bは一定額を遺産として姪に与え、残りの全財産をKに残しています。Kの親切な、行き届いた看護に対する感謝のしるしとして――というような文言でしたな。これで事件の様相が一変したわけです」

たちまちポアロの胸に一幅の絵が浮かんだ。ふくれっ面をした娘が熱っぽい声でいっていた。〝お金はあたしのよ。あの人がそうちゃんと書き残したんですもの、あたし、きっともらうつもりよ〟。遺産がもらえるということはカトリーナには意外ではないだろう――前もって知っていたはずだ。

「第二にです」とシムズ警部は電話の向こうで続けた。「K以外にカプセルにさわった者はだれもいません」

「たしかですか？」

「K自身、否定していません。この点についてはどうお考えですか？」

「たいへん面白いですな」

「こうなると、必要なのはただ一つの証拠だけです。Kがストリキニーネをどうやって手にいれたか。しかしこれを探りだすのはそうむずかしいことではないでしょう」

「どんな成果が得られました？」

「まだ手をつけたばかりですよ。検死審問からして、つい今朝のことだったのですから」

「そっちはどうなりました？」

「一週間延期されました」

「でK嬢は？」

「殺人容疑で拘置しています。危険はおかしたくありませんからね。奇妙な手合いの仲間がいて、逃走させようとするかもしれません」

「いやいや、あの娘には友人はいないでしょう」

「ほんとうですか？　どうしてそうお考えになるのです？」

「ちょっとそんな気がしただけです。ほかに、参考になりそうなことはありませんか

「厳密に事件に関係があるようなものは何も。ミス・Bは最近少々証券を動かしていたようで——それもかなり損をしたようです。少々妙だという気はするんですが、それが事件そのものに影響を及ぼしているとは思えません——少なくともいまのところは」

「おそらくそれはあなたのお考え通りでしょう。いずれにせよ、どうもありがとうございました。わざわざ電話を下さって痛みいります」

「どういたしまして、私は約束はかならず守ることにしているんですよ。あなたが関心をおもちのようでしたしね。事件が解決する前にあなたにお手伝いいただくことがないとはいえません」

「そうできれば光栄です。たとえばカトリーナの友人を探しだしたりすることで、いささかお手伝いできるかもしれませんな」

「あの娘には友だちはいないとおっしゃったように思いましたがね」とシムズ警部はびっくりしたようにいった。

「私は間違っていました」とエルキュール・ポアロはいった。「友だちは一人いるんですよ」

警部がそれ以上質問する前に、ポアロは電話を切ってしまった。

真面目な表情を顔に浮かべて、ポアロはミス・レモンがタイプライターを前にして坐っている部屋にはいって行った。ミス・レモンは雇い主が近づくのを見て、タイプライターのキーから手を離して物問いたげに見あげた。

「あなたに、ちょっとした筋書きを考えてもらいたいんですがね」

ミス・レモンは諦めたように両手を膝の上におろした。彼女はタイプをしたり、請求書に基づいて支払いをしたり、書類に書きこんだり、依頼人との約束を書きとめるといったことには関心があるが、ある状況に身をおいてみろといわれるなんてうんざりだと思っていた。しかし不愉快だが、それも義務の一部として受けいれることにした。

「あなたはロシア人の少女です。いいですか？」とポアロはまずいった。

「はあ」と答えたミス・レモンは、どう見ても生粋のイギリス人であった。

「あなたはこの国に友だちもなく、ひとりぼっちで暮らしているのです。ロシアに帰りたくない理由がありましてね。下働き、看護婦、付き添い——そういう資格で、ある老婦人に使われている、不平もいわずにおとなしく働いているのです」

「はあ」とミス・レモンは従順に答えたものの、どんな老婦人にしろ、おとなしく仕えている自分をてんで想像できずにいた。

「老婦人はあなたが気に入って、遺産を残そうと決心し、あなたにそう告げました」

「はあ」

「そうこうするうちに老婦人はある発見をしました。たぶん金銭上のことで——あなたが彼女に対して必ずしも正直でなかったことに気づいたのかもしれません。それとも、それよりもっと重大なこと——あなたの服ませた薬がいつもと違う味がしたとか、あなたの勧めた食物が原因で食あたりしたとか。いずれにせよ、老婦人はあなたについて何らか疑惑をいだきはじめ、高名な——名探偵の名に値する唯一のすぐれた人物——すなわちこの私に手紙を書きました。その結果、私は老婦人を近いうちに訪ねることになりました。そうなったら、たちまち足がつく。手っとり早く行動するに越したことはないというわけで——名探偵が到着するに先だって——老婦人は死亡してしまいます。そして遺産があなたに行く……どうです。この絵ときは理屈にかなっていると思いますか？」

「はあ」とミス・レモンは答えた。「十分理屈にかなっていると思いますわ——といってもロシア人の目から見てということですけれど。個人的な意見を申し述べますと、わたしでしたら、はじめから付き添いの地位になんかつきませんわ。なすべき仕事の範囲がきっちりきまっている方が好きですから。それにもちろん、だれかを殺そうなんて夢にも思いませんでしょう」

ポアロは嘆息した。「ヘイスティングズがつくづく恋しいですよ。ヘイスティングズの想像力は大したものだった。ロマンティックな気質ですからね、彼は。もっとも彼の想像はいつも間違っていましたっけ――しかしそれなりに参考になりましたよ」

ミス・レモンは黙っていた。ヘイスティングズ大尉のことは前々から聞いており、関心もなかった。それで目の前のタイプ用紙を憧れの目で見やった。

「つまり、あなたはこの絵ときが理屈にかなっているとお考えなんですね？」とポアロは沈思する様子だった。

「あなたご自身はそうお思いにならないんですの？」

「はなはだ残念ながら、辻褄は合うようです」

そのとき電話のベルが鳴ったので、ミス・レモンは部屋を出た。そしてすぐもどってきていった。「またシムズ警部さんからですわ」

ポアロは急いで立って行って受話器を取った。「もしもし。はあ？　何とおっしゃいました？」

シムズは繰り返した。「ストリキニーネの袋があの娘の寝室で発見されたんです。マットレスの下に押しこんであったそうです。部長刑事がそう報告したところです。これが決め手だと思いますが」

「そう」とポアロは答えた。「決め手のようですな」ポアロの声はとつぜん、前とは打ってかわって自信ありげに響いた。

電話を切ると、ポアロは書き物机に坐って机の上のものを機械的な手つきできちんと並べながら呟いた。「何か間違っていることがあるぞ。勘というやつか。いや、勘じゃない。この目で見た何かに違いない。前進《アナヴァン》せよ、わが小さな灰色の細胞よ。沈思黙考するんだ。何もかも論理的で筋が通っているかどうか？　あの少女――金についての彼女の危惧。ミセス・デラフォンテーン――その夫――ロシア人についてのデラフォンテーン氏のいいぐさ――ばかげているが、しかしいった当人がばかなんだから。居間、庭――そうだ、庭だ」

ポアロはきちんと坐り直した。その目には緑色の光が輝いていた。ぱっと立ちあがると、ポアロは隣りの部屋にはいって行った。

「ミス・レモン、仕事をちょっとやめて、私のために調査をして下さいませんか？」

「調査ですって、ポアロさん？　その方はわたし、あまり得意では――」

ポアロはいきなり遮った。「あなたはいつか、商人のことなら何でも知っているといいましたっけね？」

「はあ、何でも存じております」とミス・レモンは自信ありげにいった。

「だったら簡単しごくです。チャーマンズ・グリーンに行って、魚屋を見つけて下さい」

「魚屋ですって？」とミス・レモンはびっくりしたようにいった。

「その通り。ローズバンク荘に魚を供給している魚屋を探すんです。見つかったら、ある質問をして下さい」

ポアロはミス・レモンに一枚の紙片を渡した。ミス・レモンはそれを受けとると無関心な様子で内容をメモに取り、一つうなずき、タイプライターに蓋をした。

「チャーマンズ・グリーンには私もいっしょに行きます。あなたは魚屋に、私は警察署に。ベイカー・ストリート駅からほんの三十分で行けますよ」

警察署に着いたポアロを、シムズ警部はびっくりした様子で迎えた。「これはまた早業ですな、ポアロさん。ほんの一時間前に電話でお話ししたばかりですのに」

「一つお願いしたいことがありましてね。カトリーナという娘さんに会わせていただきたいのです。姓は何といいますか？」

「カトリーナ・リーガーです。あなたの面会に反対する理由もないと思いますよ」

カトリーナはこの前よりいっそう色つやのわるい顔をして、むっつり黙りこくっていた。

ポアロはたいへんやさしく話しかけた。「マドモアゼル、私があなたの敵ではないということを信じていただきたいですね。どうか、本当のことを話して下さい」

カトリーナは挑戦するように目を閃かした。「あたし、本当のことをいったわ。だれにでも本当のことを。ミス・バロウビーが毒殺されたとしたって、あたしがやったんじゃないわ！　みんな間違いよ。あんたたちはみんなして、あたしにお金が渡らないようにする気でしょうけど」荒々しい声だった。逃げ場を失った小ネズミのように見えるとポアロは思った。

「例のカプセルのことを話して下さいませんか、マドモアゼル」とポアロは続けた。「それを扱ったのはあなただけなんですね？」

「そのことならちゃんと話したでしょ？　あの午後、薬屋で調合してもらったんです。バッグにいれて持って帰ったのよ――夕食のちょっと前に。箱をあけてカプセルを一つ、コップ一杯の水といっしょにミス・バロウビーにあげたんです」

「あなた以外には、だれもさわらなかったんですね？」

「ええ」追いつめられたネズミ――しかし勇気はある。

「ミス・バロウビーは夕食に、本当にスープと魚のパイとタルトのほか食べなかったんですね？」

「ええ」絶望の響きのうかがわれる〝ええ〟だった。どこにも光を認められぬ、暗い火のくすぶっているような目であった。

ポアロはその肩をやさしく叩いた。「勇気をお出しなさい、マドモアゼル。自由はそのうち得られますよ――そう、お金も――安楽な生活も」

カトリーナは疑りぶかい目で彼を見返した。ポアロが部屋を出るとシムズ警部がいった。「電話であなたのいわれたことが私にはよくわからなかったのですが――あの子に友だちがいるとか」

「いますよ。この私です！」といって、ポアロはシムズ警部がまだぽかんとしているうちに立ち去った。

〈青い猫〉の喫茶室で待つほどもなく、ミス・レモンがやってきた。彼女は前置きなしに本題にはいった。

「魚屋の名はラッジといって、ハイ・ストリートに店を構えています。あなたのおっしゃった通りでしたわ、かっきり一ダース半。いった通り、書きとめておきました」とメモを渡した。

「ああ」猫がのどを鳴らしているような深い満足げな音がポアロの口を洩れた。

　ポアロはローズバンク荘に行った。前庭にたたずむ彼の背後で、夕日が沈みつつあった。メアリー・デラフォンテーンが出てきた。

「ポアロさんですの？」意外そうな声音だった。「またいらしたんですか？」

「はい、またうかがいました」とちょっと言葉を切ってから続けた。「はじめてこちらにうかがいましたとき、マダム、私の頭にはある童謡が浮かびました。

　　つむじまがりのメアリーさん
　　あなたの庭はどんな庭？
　　　トリガイの殻、銀の鈴
　　きれいなねえさん、ひとならび

ただこの場合はトリガイではなかったのです。カキの殻だったんですよ」と指さした。

　はっと息を呑む音が聞こえただけで、ミセス・デラフォンテーンは黙って立っていた。物問いたげな目がポアロに向けられていた。

　ポアロはうなずいた。「そうです《メ・ウィ》。私にはなにもかもわかっています。メイドは食事を用意して出かけた——彼女も、カトリーナも、夕食に出たのはそれだけだと断言するでしょう。あなたがたご夫婦だけが知っている。あなたが、一ダース半のカキを買って帰ったということをね——叔母《ブル・ラ・ボンヌタント》さまへのご馳走として。カキは噛まずにのどを通るから、ストリキニーネをいれやすい。しかし、殻が残る。ごみバケツにいれるわけにはいかない。メイドが気がつくでしょうから。それであなたは、花壇をそれで縁どることを思いついた。しかし、あいにく数が足らず——ぐるっと隈なく縁どるわけにいかなかった。当然、見てくれがよくない——まったく非の打ちどころがない庭がその花壇だけ、シンメトリーを欠いて見えた。あの貝殻は不協和音を打ち出していました——はじめてうかがったときに、私はこれは感心しないと思ったんですよ」

メアリー・デラフォンテーンはいった。「あの手紙からお察しになったんでしょう。叔母が手紙を書いたことは知っていました——でもどの程度のことを書いたのかは存じませんでした」

ポアロはやんわりいった。「少なくとも、うちうちの問題だということはわかりました。カトリーナだったら、ことを内密にしておく意味はないでしょうから。あなたがたご夫婦がミス・バロウビーの有価証券を勝手に流用し、それが発覚したことからなんでしょうね——」

メアリー・デラフォンテーンはうなずいた。「何年も前からです——ほんの少しずつ。叔母がそれに気づくほど、抜け目がないとは思ってもいませんでした。そのうちに叔母が探偵を呼びよせたということを知りました。遺産をカトリーナに残すつもりだということも——あんないやしい小娘に！」

「それでストリキニーネの袋をカトリーナの寝室に隠しておいたんですね？　なるほど。私がたとえどんな発見をしたとしても、自分たちの身が安全なように、罪もない娘に殺人の罪を着せた。あなたにはあわれみというものはないのですか、マダム？」

メアリー・デラフォンテーンは肩をすくめた——忘れな草色の青い目がじっとポアロを見つめた。はじめて訪問した日の彼女の完全無欠な演技がポアロの胸によみがえった。夫の方はまるであわてていたが。まれに見る知力をそなえた——しかし非情な女だ。

メアリー・デラフォンテーンはいった。「あわれみですって？　あのいやらしい、こそこそした小ネズミに対して？」

軽蔑の響きは隠れもなかった。

エルキュール・ポアロはゆっくりいった。「あなたは、マダム、一生涯、ただ二つのものだけを愛してこられた。まずご主人」

相手の唇がわなわなと震えるのをポアロは見た。

「それから──あなたの庭と」

ポアロはまわりをぐるっと見まわした。たったいま彼がやったこと、これからしようとしていることに対して、庭の花々にゆるしを乞うかのように。

ポリェンサ海岸の事件

Problem at Pollensa Bay

バルセロナからマジョルカ島への汽船で、パーカー・パイン氏がパルマに着いたのは早朝のことだった。上陸してすぐ、彼はひどくがっかりすることになった。ホテルがどこも満員だったのだ。町なかに立っているホテルの、それも中庭を見おろす、通風のわるい押入れのような部屋しか、あいていないという。そんな処遇に甘んじる気はパーカー・パイン氏にはなかった。しかしそれではあんまりだと抗議した彼に対してホテルの主人は気がなさそうに、「ではどうなさいます?」と肩をすくめていった。

パルマもこの節はなかなか人気がありまして、為替相場が有利なこともあり、たくさんのお客さまが――イギリス人といわず、アメリカ人といわず――見えます。冬場にはみなさん、マジョルカ島においでになりますので、どこもかしこもたいへん混雑するのです。そんなわけでお客さまがどこかほかに部屋を見つけることがおできになるかどうか、あやしいものでございますよ――フォルメントールへ行けば、ひょっとすると何とかなるかもしれませんが、あそこは法外な値段でして、外国のお客さまでも二の足をお踏みになります。

パーカー・パイン氏はコーヒーとロールパンで軽い食事をしたためて寺院の見物に出かけたが、建物の美しさなどに感嘆する気分ではなかった。

思いあまって、彼は人のよさそうなタクシーの運転手に相談してみた。そして、片言のフランス語にスペイン語をまぜて受け答えするこの男と、ソーリェル、アルクディア、ポリェンサ、フォルメントールなどの土地の長所や宿泊の可能性を話しあった。りっぱなホテルはたくさんあるが、どれも高い。

そういわれると、パーカー・パイン氏としても値段を聞いてみないわけにはいかない。

運転手は、払うのがばかくさいような、ひどい値段だと一言のもとにかたづけた――イギリスのお客さんがここにおいでになるのは値段が手ごろだからではないのかと。

パーカー・パイン氏はその通りだと答えた。しかしそれにしても、どんな金額をフォルメントールのホテルは要求するのか。

信じられないほどだと運転手は答えた。

それはよくわかっている――しかし正確にいって、どのぐらいなのか？　運転手はやっと数字をあげてくれた。エルサレムやエジプトのホテルでさんざんぼられた後とて、パーカー・パイン氏はさして驚かなかった。

そこで話はきまり、パーカー・パイン氏のスーツケースはそのタクシーに少々ぞんざいにごたごたと積みこまれ、自動車は島を一周すべく出発した。途中で安そうな宿泊施設を見つけて当たってみるつもりだったが、目的地はあくまでもフォルメントールだった。

だが結局、車は金満家のこぞって行くフォルメントールまでは行きつかなかった。というのは、ポリェンサの狭い通りを抜けて曲がりくねった海岸線にそって走っていくうちに、ピノ・ドーロ・ホテルの前にさしかかったのである。これは海のほとりに立っている小さなホテルだが、快晴の日の朝靄の中にまるで日本の版画のように幽艶にけむる風景を見おろす場所にあった。パーカー・パイン氏はすぐこれこそ、というより、これのみが自分が探し求めているホテルだと感じた。タクシーをおりると、パーカー・パイン氏はどうか部屋が見つかるようにと祈りながらペンキ塗りの門をはいった。

ホテルの所有者である老夫婦は英語もフランス語もできなかったが、話はすらすらまとまった。パーカー・パイン氏は海を見おろす部屋をあてがわれ、運転手はスーツケースをおろすと〝現代式ホテル〟に法外な値段を払わずにすんで何よりだと祝いをいってタクシー代を受けとり、スペイン風に大仰に一礼して立ち去った。

パーカー・パイン氏は時計をちらっと見て、まだ十時十五分前だということを確かめると、まぶしい朝日を浴びている明るい小さなテラスに出て、もう一度コーヒーとロールパンを注文した。

テラスの上にはテーブルが四つあった。彼の占めているテーブルのほかに、ウェイターが朝食の皿や茶碗をかたづけているのが一つ、ほかにまだ客の坐っているテーブルが二つ。彼のすぐ近くには両親と、二人のかなり年を食っているらしい娘が坐っていた──ドイツ人らしかった。その向こうのちょうどテラスの角のあたりに、いかにもイギリス人らしい親子が座を占めていた。

女性は四十五歳ぐらいだろうか。白髪まじりの美しい色合いの髪で、趣味のいい、しかし流行には囚われないツイードのスーツを着ていた。外国旅行に慣れているイギリス女性らしい、くつろいだ、落ち着いた雰囲気を漂わせていた。

彼女と向かい合わせに坐っている青年は二十五、六歳というところだろうか、こちらもその階級年齢の男に典型的な物腰だった。とくにハンサムでもないが、醜くもない、中肉中背の男だった。見るから仲のよい親子で──ちょっとした冗談をいいあっては笑い、息子はテーブルの上のものを回すなど何くれとなく母親の用をつとめていた。

話しながら、母親はパーカー・パイン氏と目を合わせた。育ちのよい女性らしく何げない一瞥ではあったが、パイン氏は彼が類別され、それなりに何らかのレッテルを貼られたことを察した。

どうやら彼をイギリス人と見てとったらしい。そのうちに人をそらさぬ態度で、当りさわりのない言葉をかけてくるに違いない。

パーカー・パイン氏としては、とくにそうした接近に異をとなえる気はなかった。男にしろ、女にしろ、外国で会う同国人は往々にして少々退屈だが、彼としても愛想よく受け答えして暇つぶしをする用意はあった。小さなホテルでは、そうしないとかえって気づまりだ。それにあの女性なら、いわゆる〝ホテル用マナー〟をちゃんと心得ているに違いない。

青年はやがて席を立ち、笑いながら何かいうと、ホテルの中にはいって行った。女性は手紙とバッグを手に、海を見晴らす椅子に腰をおろした。そして《コンティネンタル・デイリー・メール》をひろげて読みだした。背をパーカー・パイン氏に向けて。

コーヒーを飲みほしながら、パーカー・パインは女性の方をちらりと見やって、はっとした。いや、ぎょっとした――休暇を煩わされずに続けられるかどうか心配になっていた。彼女の背中はひどく雄弁に、ある事実を物語っていた。彼はこれまでそうした背中を何度か見て、類別してきた。こわばった姿勢――緊張がありありとうかがわれる背中――当人の顔を見るまでもなく、彼はその女性の目に涙が光っていることを――やっとの思いで、たかぶる感情を抑えていることを察したのであった。

狩りたてられた経験を一再ならずもつ獣のように用心ぶかい足どりで、パーカー・パイン氏はホテルの中にひっこんだ。そして三十分足らず前にサインを求められた宿泊簿を開いた。きちんとした書体で、ロンドン、C・パーカー・パインと記されている。その数行上に、ミセス・R・チェスター、ミスター・バズル・チェスター――デヴォンシャー、ホーム・パークとあるのを彼は見た。

ペンを取りあげて、パーカー・パイン氏は自分のサインの上にさらさらとべつなクリスチャン・ネームを書いた。クリストファー・パイン（少々読みにくかった）と。こうしておけば、ミセス・R・チェスターがこのポリェンサ海岸でたまたま何か心配なことが起こって悩んでいたとしても、パーカー・パイン氏においそれと相談を持ちかけるわけにはいくまい。

パーカー・パイン氏はいつもふしぎでならなかった。外国で行きあう人間の何と多くが彼の名前を知っており、彼の広告を心に留めていることか。イギリスでは何千人もが毎日、タイムズを読んでいるが、たいていはそんな名は聞いたこともないというだろう。外国旅行中は、人は新聞をいつもよりていねいに読むのかもしれない。どんな記事も――広告でさえ、見落とさずに。

パーカー・パイン氏の休暇はすでに何度か妨げられていた。旅行中、殺人から恐喝未遂まで、ありとあらゆる問題を扱うことになったのだ。マジョルカ島ではのんびり過ごそう――彼はそう決心していた。だから、この母親の悩みにかかわると大いに平和を乱されることになる――と本能的に警戒したのであった。

パーカー・パイン氏はピノ・ドーロにいい気持で落ち着いた。あまり遠くない所にもっと大きなホテルがある。マリポーザといってイギリス人の客がたくさん滞在していた。それにこのあたりには絵描きの集落がたくさんあった。浜辺づたいに漁村まで歩いて行くと繁昌しているカクテル・バーがある――買物のできる店も数軒。いかにも平和でたのしい土地だ。女の子たちははでなハンカチーフを一枚、上半身に巻きつけただけの軽快なズボン姿で歩きまわっている。青年たちは長髪にベレーをかぶり、この〈マックのバー〉で造型的価値とか、抽象絵画といった話題についてとうとうと意見を開陳していた。

パーカー・パイン氏の到着の翌日、ミセス・チェスターが二言三言話しかけてきた。

景色が美しいとか、好天気はこのまま続くだろうかといったありきたりの話題だった。それから彼女はドイツ女性と編みものについておしゃべりし、最近の嘆かわしい政治情勢について、二人のデンマークの紳士と快活に言葉をまじえた。ちなみにこのデンマーク人は、夜明けに起きだして十一時間散歩するという連中だった。

パーカー・パイン氏はバズル・チェスターをなかなかの好青年だと思った。パーカー・パイン氏に話しかけるときには敬語を使うし、彼が年長だからだろう、そのいうところをいつもいんぎんに傾聴した。ときおりパーカー・パイン氏はこの親子と同国人のよしみで夕食後のコーヒーをいっしょに飲むことがあった。三日後のこと、バズルは十分かそこらで席を立ち、パーカー・パイン氏はミセス・チェスターと差し向かいになった。

二人は花のことやその育成、イギリスのポンドの嘆かわしい下落、フランスの諸物価の上昇、午後のお茶をおいしく飲める店がこの節はめったにないなどと話しあった。

毎晩、息子が席を立ったとたんに母親の唇が無意識のうちにかすかに震えるのを、パーカー・パイン氏は見てとっていた。しかし彼女はすぐ気を取り直して、上記のたぐいの話題について朗らかな口調で話しだすのだった。

少しずつ、ミセス・チェスターはバズルについて語った。学校での成績がたいへんよかったこと。「それにフットボールの選手で」——だれからも好かれ、父親が生きていたらさぞかし誇りに思うであろうにといったこと、行状の点で心配したためしなど一度もなかったことも母親として感謝せずにいられない等々。

「もちろん、わたし、もっと若い人たちとつきあうようにいつもあの子に勧めていますのよ。でもわたしといっしょにいる方がじっさいにずっと楽しいらしくて」

ミセス・チェスターは控えめながら満足げな口調でこういった。

しかしパーカー・パイン氏は、このときばかりはいつもの人をそらさぬ社交的な相槌を打たなかった。

「そうですか！　ここには若い人がたくさんいるようですね――ホテルではなく、この近辺に」

そういうと、ミセス・チェスターはさっと表情を固くした。もちろん絵描きの人たちはいる。わたしは昔風なんだろうけれど――つまり本物の芸術は別問題だ。けれどもこの若い人たちの多くは芸術うんぬんを、何もせずにのらくら暮らす口実にしているように思われる――女の子にしてもお酒を飲みすぎるようだし。

翌日、バズルがパーカー・パイン氏にいった。「あなたがここにいらしたことをぼくはとても喜んでいるんですよ――とくに母のために。母は夜など、あなたとお話しするのが好きなようですから」

「ここにいらした当座は何をなさっていました？」

「ピケをよくやりました」

「なるほど」

「もちろんピケも度重なると退屈になります。じつは、ぼくはここで友だちができたんですよ――じつに愉快ないい連中です。母は快く思っていないようですが――」といかにもおかしいというように笑った。「母はたいへん昔風なんです……女の子がズボンをはいているというだけでショックを受けるんですから！」

「なるほど」

「ぼくは母にいうんですよ――人間、時代とともに進歩しなけりゃって……イギリスでぼくらの周囲にいた女の子はおそろしく退屈でしたから……」

「なるほど」

パーカー・パイン氏は少なからず興味をひかれた。ちょっとしたドラマの観客ではあるが、一役演じることは求められていない。けっこうなことだ。

ところがそのやさき、最悪のこと――パーカー・パイン氏の観点からして――が起こった。ちょっとした知り合いで、立て板に水とよくしゃべる女性がマリポーザにやってきたのだ。喫茶店で出会ったとき、ちょうどミセス・チェスターがその場に居合わせた。

新来の女性は大声で叫んだ。

「まあ、パーカー・パインさん——正真正銘のパーカー・パインさんね！　それにアディラ・チェスター！　あなたがた、お知り合いなの？　まあ、奇遇ね。同じホテルに？　この人、とびきり独創的な魔法使いなのよ、アディラ——今世紀のふしぎ——待っている間に悩みごとをかたっぱしから解決してもらえるわ。まあ、ご存じなかったの？　でも聞いたことはあるでしょ？　広告を読んだこと、なくて？〈悩みがおありですか？　パーカー・パイン氏に相談なさい〉この人にできないことなんて、ありゃしないわ。犬猿ただならぬ仲だった夫婦を和合させ——人生に興味を失った者にスリルに満ちた冒険を提供し——といった具合にね。正真正銘の現代の魔法使いなのよ！」

いや、もっとぺらぺらと女性はしゃべりたてた——パーカー・パイン氏はおりおりつつましく、そんなことはないとか、とんでもないなどと合の手をいれたが。ミセス・チェスターが彼に向けているまなざしがどうも気になった。その後でこの彼の讃美者であるおしゃべり奥さんと何ごとか話しこみつつ、ミセス・チェスターが海岸をもどってくるのを見て、パーカー・パイン氏はいっそう怖気をふるった。

恐れていた瞬間は思ったよりはやくきた。その夜、コーヒーの後でミセス・チェスターが唐突にいった。

「小応接室にいらして下さいませんか、パインさん？　ちょっとお話ししたいことがありますの」

パーカー・パイン氏としては一礼しておとなしくついて行くほかなかった。

ミセス・チェスターはそれまでやっとの思いで平静を保っていたのだが——小応接間のドアが後ろで閉まったとたん、たまりかねて坐るなり、涙に暮れた。

「息子のことですの、パーカー・パインさん。どうか、あの子を救って下さいまし。いえ、あの子を救うのに、あなたの力をお貸し下さいまし！　わたし、胸がはりさけそうですの！」

「しかし、私はアウトサイダーにすぎないのでして」

「ニーナ・ウィチャリーはあなたには何でもおできになるっていいましたわ、あなたになら全幅の信頼を置いていいって。あなたに何もかもお話ししろっていうのが、あの人の助言でしたわ——あなたがきっとすべてをよくして下さるって」

心の中でパーカー・パイン氏はミセス・ウィチャリーのおせっかいを呪った。

諦めたように彼はいった。

「まあ、ではことの次第を逐一うかがいましょうか。女性問題でしょうね」

「あの子、あなたにお話ししましたの？」

「ごく間接的にですが」

ミセス・チェスターは一気呵成にまくしたてた。「あんな娘、お話にもなりませんわ。お酒は飲むし、口汚ないことをいいちらすし。それにほとんど裸同然のなりをして。姉という女がここに住んでいますの――絵描きと結婚して――オランダ人だそうです。とてもたちのわるい連中ですの。半数は正式に結婚しないまま、同棲していますわ。バズルはまったく人が変わったようになってしまいました。それまではいつも物静かで、真面目な事柄に関心をもっていました。一時は考古学を研究しようかとさえ――」

「まあまあ」とパーカー・パイン氏はいった。「自然というものには奥の手があるものでして」

「どういう意味ですの？」

「若い男が真面目な事柄にばかり興味をもつというのは健康ではありません。女の子に次から次へとうつつをぬかすという方が自然ですよ」

「冗談を申しあげているんじゃありませんのよ、パインさん」

「もちろんですとも。その若い女性というのはひょっとして、昨日、あなたとお茶を飲んでいたお嬢さんですか？」

その若い女なら彼も気づいていた――グレイのフラノのズボン――胸に赤いハンカチ

ーフをゆるやかに結び、口紅を朱色に塗り、お茶でなく、カクテルを注文していた。

「あなたもごらんになりまして？　ほんとに何てことでしょう！　ああした娘にバズルが夢中になったことは、ついぞありませんでしたのに」

「奥さまはご令息に、女性を讃美する機会を与えておあげになったことがないようですが」

「わたしが？」

「ご令息はこれまでお母さまといっしょに行動することばかり、好んでこられました。それはいいことではありません！　しかしおそらく今度のこの問題は大したことにはならんでしょう——あなたが干渉なさらなければ」

「あなたにはおわかりにならないんですわ。バズルはあの娘——ベティー・グレッグと結婚するつもりですのよ——婚約していますの」

「ほう、もうそこまで行っているんですか？」

「ええ、ですからパーカー・パインさん、何とかして下さいましな。わたしの息子をこの破滅から救って下さいまし。あの子の一生が台なしになってしまいます」

「だれの一生にしろ、台なしにするのは当人ですよ」

「とにかくバズルの一生は、この結婚のせいでめちゃめちゃになってしまいます」とミセス・チェスターはきっぱりいった。

「私はバズルのことは心配していません」

「まさか、あの女のことを心配しているとおっしゃるんじゃあ――?」

「いいえ、あなたご自身のことが心配なんですよ。あなたはご自分のもって生まれた人間としての権利を、無益なことに用いておいでです」

ミセス・チェスターはちょっと呆気に取られてパーカー・パイン氏を見つめた。

「二十歳から四十歳までというのはどういう年齢ですか? 個人的、感情的な関係に、いわばかせをかけられ、縛られ。それは仕方のないことです。それが生きているということなのですから。しかし、後に新しい段階が開けます。あなたは考えることができる。人生を観照することができる。ほかの人について、何か新しいことを発見できます。自分自身の真相を発見できるのです。人生は現実的になる――意味ふかくなる。あなたは人生を全体として見ることができるようになる。一場面だけ――あなた自身が演技している場面だけでなく。男にしろ、女にしろ、四十五をすぎるまでは、人間は男女とも、自分自身ではないのです。四十五歳という年こそ、個性にチャンスが与えられるときです」

ミセス・チェスターはいった。

「わたしはこれまでバズルのことだけにかまけてきましたから。わたしにとっては、あの子がすべてでしたもの」

「それはよいことではありませんね。その代価をあなたはいま払っていらっしゃるのです。彼を愛するのはよい。ありったけの愛をお注ぎなさい——しかしあなたはアディラ・チェスターなのですよ。覚えておいでなさい。あなたはれっきとした個人です——ただバズルのお母さんであるだけでなく」

「バズルの一生が台なしになるようなことがあったら、ほんとうにこの胸がはりさけてしまいますわ」

パーカー・パイン氏はチェスター夫人の繊細な目鼻だち、憂わしげにゆがんでいる口もとを見やった。愛すべき女性であることは否めない。この人が傷つくのはあまりにも気の毒だ。

「できるだけのことはしてみましょう」

さて、バズル・チェスターはパーカー・パイン氏の問いに対して、待ってましたとばかり熱心に自分の考えを述べた。

「まったくやりきれませんよ。母はまったく手がつけられないんです——偏見にとらわれていて、心が狭くて。その気になれば、ベティーがどんなにすばらしいか、すぐわかるでしょうに」

「ベティーの方は？」

バズルは溜息をついた。

「ベティーはベティーで、ひどく気むずかしいんですよ！　少し手加減してくれるといいんですが――つまりその――口紅をときには落としたり――そうすればたいへんな違いなのにです。わざわざ――どぎつい化粧をしているようなんですよ――母が近くにいると」

パーカー・パイン氏はにっこりした。

「ベティーと母は、ぼくにとって世界でただ二人の大事な人間です。あの二人なら、お互いに気が合うだろうと思っていたのに」

「あなたは人間性についてまだまだ学び足りないな」とパーカー・パイン氏はいった。

「いっしょにきて、ベティーと話してみて下さいませんか」

パーカー・パイン氏は招きを快く受けいれた。

ベティーとその姉夫婦は海辺から少しひっこんだ場所に立っている、荒れはてた小さな別荘に住んでいた。彼らの生活は小気味がいいほど、簡素なものだった。家具は椅子三脚とテーブル、それにベッド。壁にとりつけられている食器棚には、必要な数だけの茶碗や皿が納められていた。ハンスは、ブロンドの髪の毛がぼうぼう突っ立っている熱しやすい青年で、奇妙な英語をびっくりするほどの早口で話す。話しながらたえず歩きまわっていた。妻のステラは小柄で色白だが、妹のベティー・グレッグは赤髪で顔にそばかすがあり、いたずらっぽい目をしていた。パーカー・パイン氏は、ベティーが前夜ピノ・ドーロにおけるように厚化粧していないことに気づいた。

ベティーはカクテルをパーカー・パイン氏にふるまうと、目をきらりと光らせていった。

「どう？　一役買って、この一大悶着にけりをつけようって気？」

パーカー・パイン氏はうなずいた。

「で、どっちの側なの？　われわれ若い恋人たちの側、それとも結婚に断固反対のおふくろさんの味方？」

「一つ質問してもいいですか？」

「もちろん」

「あなたとしては、もうちょっとうまく立ち回った方がよくはなかったでしょうかね？」

「そうは思わないわ」とミス・グレッグは率直な口調でいった。「あのおふくろさんと向かい合っていると、むしょうに腹が立ってきて」とちらっとまわりを見まわして、バズルが聞いていないことを確かめてからいった。「ええ、あの人と話しているとほんとにむらむらしてくるの。バズルをしょっちゅう自分のエプロンのひもの先にくりつけて——そういう種類のことって、男をどうしようもないばかに見せるものよ。バズルはほんとはばかなんかじゃないのに。それにあのおばあさん、やたらお上品ぶって」

「上品っていうのもそれほど悪いことじゃないんじゃないですか。〝時代おくれ〟かもしれませんがね」

ベティー・グレッグはきらりと目をきらめかせた。

「つまり、チッペンデールの椅子が、ヴィクトリア時代には屋根裏にしまいこまれる——そういったたぐいのことだっていうの？　もう少し時代が後になるとまた出してきて、〝すてきじゃありませんか〟ってほめちぎるといった？」

「まあね」

ベティー・グレッグはちょっと首をかしげた。

「たぶん、あなたのいう通りなんでしょうね。正直いうとね、あたしが癪にさわっているのはバズルなのよ——あたしが大事なお母さんにどんな印象を与えるか、気にしてばかりいるんですもの。それでついうんざりして極端なことがやってみたくなるの。あの人、いまだってあたしを諦めかねないわ――あのおふくろさんがいいはれば」

「そうですね。もしもミセス・チェスターが上手に持ちかければ」

「あなた、おふくろさんにその奥の手を教えてあげるつもり？　自分では思いつかないでしょうからね。ただ反対だ、反対だってわめいていたって、だめなのよ。でもあなたが教えれば――」

ベティーは唇を噛み――率直な青い目をあげて彼を見た。

「あたし、あなたの評判、聞いているのよ、パーカー・パインさん。あなたは人間性についてなかなかよくご存じのようね。バズルとあたしはこの場をうまく切り抜けられるかしら――どう？」

「お答えする前にまず、三つの質問に答えていただきたいですね」

「テスト？　いいわ。どうぞ、きいてちょうだい」

「あなたは夜、窓を開けてやすみますか、閉めてやすみますか？」

「開けて寝るわ。新鮮な空気をたくさんいれたいの」

「あなたとバズルは同じ種類の食べものが好きですか？」

「ええ」

「夜ははやく床につく方ですか、それともおそく？」

「ほんというと、ごく早寝の方よ。十時半になると、もうあくびが出て――内緒だけど、朝はとってもさわやかな気分――もちろん、おおっぴらにはそんなこと、いわないけど」

「とすると、あなたがたお二人はたいへん相性がいいはずですよ」

「ずいぶん皮相的なテストみたいだわ」

「とんでもない。夫が真夜中まで起きていることを好むのに、妻は九時半には熟睡している、あるいはその逆といった場合、結婚生活が暗礁に乗りあげた例を、少なくとも七つは知っていますんでね」

「残念なことね、みんなが幸せになるわけにいかないっていうのは。バズルとわたしの結婚に、あのお母さんが祝福を与えるわけにいかないっていうことは」

パーカー・パイン氏は咳をした。

「その方は何とかなると思いますよ」

どうだか怪しいものだというように、ベティーはパーカー・パイン氏を見あげた。

「あなた、あたしにうまいことをいっておいて、うまく騙そうというんじゃなくって？　何だかそんな気がしてきたわ」

パーカー・パイン氏の顔は無表情だった。

ミセス・チェスターに対して、パイン氏はやさしく慰めるような、しかしどっちつかずの態度を取った。婚約と結婚とは違う。自分は一週間ソーリェルに行く。あなたとしては当たらずさわらずの態度を取る方がいい。一見、諦めて受けいれるように見せて。一週間をたいへん楽しく過ごしてパイン氏はピノ・ドーロ・ホテルにもどった。

事態はまったく思いがけぬ展開を示していた。

ピノ・ドーロ・ホテルにはいったとたんに、パイン氏が見たのはいっしょにお茶を飲んでいるミセス・チェスターとベティー・グレッグであった。バズルはいなかった。ミセス・チェスターはやつれた顔をしていた。ベティーも顔色がわるかった。ほとんど化粧っ気がなく、泣いていたのかと思うようにまぶたが腫れぼったかった。

ミセス・チェスターもベティーもパイン氏に親しげにあいさつしたが、どちらもバズルの名を口にしなかった。

とつぜんパイン氏は隣りに坐っているベティーが、何か胸の痛む光景を見たようにはっと大きく息を吸いこむのを聞いた。パーカー・パイン氏は振り返った。

バズル・チェスターが海辺に通じる階段をあがってくるところだった。彼といっしょにいるのは驚嘆に価するほど、異国的な美貌の女性であった。黒髪で、すばらしいスタイル、薄青いクレープを一枚まとっているだけなので、その姿のよさにはだれもが気づいた。オークルのパウダーで厚化粧し、唇をオレンジ・スカーレットに塗り——しかしこの思いきった化粧がその美貌をいっそうはっきりきわだたせていた。若いバズルはというと、その女性の顔から目を離せない様子だった。

「ずいぶん遅かったのね、バズル」と母親がいった。「ベティーと〈マックのバー〉に行く約束だったでしょう」

「あたしのせいらしいわ」とその美しい未知の女性は間延びのしたものうげな声でいった。「ちょっとぐずぐずしていたもので」

バズルの方を振り返って彼女はいった。「ねえ、いい子だから——何か体がしゃんとなるような飲みものを頼んでちょうだいな」

靴の片方を投げとばすと彼女はペディキュアをした足を伸ばした。その足の爪は指のそれと同様、エメラルド色に塗られていた。

彼女は二人の女性には何の注意も払わなかったが、パーカー・パイン氏の方にちょっと身を傾けていった。

「ひどい島ね、ここ。バズルに会うまで、あたし、退屈しきっていたのよ。でもこの人、とてもかわいくって」

「こちらはパーカー・パインさん——こちらはミス・ラモナです」とミセス・チェスタ

ーが紹介した。

ミス・ラモナはものうげな笑いを浮かべてパーカー・パイン氏を見た。

「あなたのことは――そうね、のっけからパーカーって呼んであげるわ。あたし、ドロレスよ」

バズルが飲みものを運んでもどってきた。ミス・ラモナはバズルとパーカー・パイン氏とを半々に相手にした（ほとんどは口より目にものいわせて）。二人の女性はまったく無視していた。一、二度、ベティーはやっきになって会話の仲間いりをしようとしたが、ミス・ラモナはそのつど、じろっとその顔を見てあくびをした。

さて、ドロレスはとつぜん立ちあがった。

「さあ、もう帰った方がよさそうだわ。あたし、べつなホテルに泊まっているの。だれか、送ってくれる？」

バズルがさっと立ちあがった。

「ぼくが送って行きますよ」

ミセス・チェスターがいった。「でもバズル――」

「すぐもどりますよ、お母さん」

「この人って、まったくのお母さん子らしいのね」とミス・ラモナはだれにともなくいった。

「しょっちゅう、お母さんにへばりついてるみたい」

バズルは顔を赤らめて、間がわるそうにもじもじした。ミス・ラモナはミセス・チェスターに軽くうなずき、パーカー・パイン氏にあでやかな笑顔を向けると、バズルを引き連れて立ち去った。

二人が行ってしまうと、しばらくぎごちない沈黙が続いた。この沈黙を破るのは、パーカー・パイン氏とて気が進まなかった。ベティー・グレッグは指をもじもじ組み合せながら海の方に目を放っていた。ミセス・チェスターは上気した、腹立たしげな表情だった。

ベティーがいった。「どうお思いになって、パインさん、ポリェンサ海岸のあの新しいスターを」

その声は少し震えていた。

パーカー・パイン氏は用心しいしいいった。

「少々――その――異国風ですな」

「異国風？」ベティーの短い笑い声は苦々しげだった。

ミセス・チェスターがいった。「ひどいものですわ――ほんとうに。バズルは気がおかしいとしか思えません」

　ベティーがきっとなっていった。「バズルはどうもしていませんわ」

「あの爪の色！」とミセス・チェスターは吐き気を催したかのように身震いした。「あたし、もう帰りますわ、ミセス・チェスター、やっぱりディナーには残らないことにします」

「まあ——バズルがどんなにがっかりするでしょう」

「さあ、どうですかしら？」とベティーはちょっと笑った。「とにかく帰ることにしようと思いますの——何だか頭痛がして」

　ミセス・チェスターとパーカー・パイン氏と二人に微笑を向けるとベティーは立ち去った。ミセス・チェスターはパーカー・パイン氏の方に向き直った。

「こんな所、こなければよかったんですわ——ああ、もうたまりませんわ！」

　パーカー・パイン氏は悲しげに首を振った。

「あなたがお留守にならなかったら」とミセス・チェスターはいった。「もしもあなたがここにおいでになったら、こんなことにはならなかったでしょうに」

　パーカー・パイン氏としても、こういわれては黙っていられなかった。

「奥さま、美しい若い女性に関することになりますと、私など、ご令息に何の影響力も及ぼしえないでしょう。これははっきり申しあげられます。ご令息は——何というか——ぼうっとなりやすいたちのように見受けられますな」

「前にはそんなことありませんでしたのに」とミセス・チェスターは涙ながらにいった。

「とにかく」とパーカー・パイン氏は強いて快活にいった。「新しい魅惑のおかげで、ミス・グレッグに対する恋は気が抜けてしまったようですね。それだけはまあ、ご満足でしょう」

「何をおっしゃいますの？　ベティーは気だてのいい子ですし、バズルにそれは献身的ですのよ。今度のこのことにも、けなげに耐えています。息子は気でもおかしくなったにちがいありません」

パーカー・パイン氏はこの驚くべき豹変ぶりを顔の筋一本動かさずに受けとめた。女性の態度が一貫性を欠くことを実感したのは、これがはじめてではなかった。彼は穏やかにいった。

「気がおかしくなったのではありませんよ。ただ魅惑に屈しただけです」

「あの娘は浮わついたスペイン娘ですわ。お話にもなりません」

ミセス・チェスターは鼻を鳴らした。

バズルが浜辺から通じている階段を駆けあがってもどってきた。

「お母さん、ただいま。ベティーはどこです？」

「ベティーは頭痛がするといって帰りましたよ。ふしぎはありませんね」

「ふくれて帰ったってことですか？」

「わたし、思うんだけれど、バズル、あなた、ベティーにひどく不親切だわ」

「後生ですから、お母さん、そうがみがみいわないで下さいよ。ぼくがほかの女の子と話をするたびにこう大騒ぎするようじゃあ、結婚しても先が思いやられますね」

「あなたがた、婚約しているんですよ」

「ええ、たしかに婚約はしています。しかしだからって、それぞれ友だちをもっちゃいけないってわけはないでしょう。近ごろではみんな、結婚しても自分の生活をもち、嫉妬心を切り捨てて暮らしています。それは常識ですよ」

バズルは急に言葉を切った。

「そうだな、ベティーがいっしょに食事をしないなら、ぼく、マリポーザにもどりますよ。ドロレスが食事に誘ってくれたんです……」

「ねえ、バズル――」

青年はうるさそうにじろりと母親を見やり、階段を駆けおりて姿を消した。

ミセス・チェスターは思いいれたっぷりにパーカー・パイン氏を見やった。

「ごらんになりましたでしょう？」

そう、たしかに彼は見た。

二日後、事は破局に達した。ベティーとバズルは弁当をもって遠出するはずだった。しかしベティーがピノ・ドーロに誘いによるとバズルはその計画をきれいに忘れて、ドロレス・ラモナの取り巻き連といっしょにフォルメントールに出かけてしまっていた。口もとをちょっとひきしめた以外には、ベティーは感情を示さなかった。しかしやがて立ちあがってミセス・チェスター（テラスにはこの二人の女性のほか、人けはなかった）の前に立った。

「いいんですの。どうってこと、ありませんわ、でもあたし——やっぱり——すべてをおしまいにした方がいいと思います」

ベティーは指からバズルが彼女に贈った印章つきの指輪をはずした——本式の婚約指輪はもっと後に買うことになっていたのだ。

「これをバズルに返して下さいません、ミセス・チェスター？　そして気をわるくしてはいないから——心配しないでっていって下さい……」

「でもベティー、そんなこと！　あの子はあなたを愛しているのよ——ほんとうに」

「どうでしょうか、それは」とベティーはちょっと笑った。「いいえ、あたしにも自尊心というものはあります。バズルにあたしのことは気にしないでといって下さい――それから、幸福をお祈りしているって」

夕方帰ってきたバズルに、母親は嵐のような怒りをぶちまけた。

バズルは指輪を見て、ちょっと顔を赤くした。

「そんなふうに感じていたのか、ベティーは。そうだな、結局これでよかったのかもしれませんね」

「バズル！」

「率直にいって、お母さん、ぼくら、最近うまくいっていなかったんですよ」

「だれのせい、それは？」

「さあ、とくにぼくのせいだとも思いませんね。嫉妬というやつはやりきれないものです。それになぜ、お母さんがドロレスのことについてそういきりたつのか、ぼくにはわからないなあ、お母さん自身、ベティーと結婚しないようにって、あんなにしつこくいってたじゃありませんか！」

「それはわたしがベティーと親しくなる前のことですよ。バズル――ねえ――まさか、あのもう一人の女と結婚しようと考えているんじゃないでしょうね？」

バズル・チェスターは真面目な口調でいった。「彼女がぼくを受けいれてくれれば、すぐにでも婚約しますよ――ですが、たぶん、その気になってはくれないと思いますね」

ミセス・チェスターは背筋が寒くなるのを覚えた。さっそくパーカー・パイン氏を探すと、奥まった片隅でのどかに本を読んでいた。

「お願いですわ、何とかして下さいまし！　何とか！　わたしの息子の一生がめちゃめちゃになりかけていますのよ」

パーカー・パイン氏は、バズル・チェスターの一生が台なしになるうんぬんの話題には少々あきあきしていた。

「私に何ができます？」

「あの恐ろしい女と会って下さいまし。必要なら手切れ金を渡して、何とかバズルと別れるようにいって下さい」

「高いものにつくかもしれませんよ」

「かまいませんわ」

「もったいないですな。しかしひょっとしたらほかの手だてがあるかもしれません」

ミセス・チェスターは物問いたげにパーカー・パイン氏の顔を見た。パイン氏は首を振った。

「約束はしません。しかしできるだけのことはしてみましょう。この種の問題は前にも扱ったことがありましてね。ところで、バズルには何もいわないように——一言でもいったら、万事ご破算です」

「もちろん、申しませんわ」

パーカー・パイン氏はマリポーザから真夜中に帰った。ミセス・チェスターは起きて彼の帰りを待っていた。

「どうでして？」と夫人は息を切らしてきいた。

パイン氏の目はきらりと光った。

「ドロレス・ラモナ嬢はポリェンサを明日の朝立ち、明晩にはこの島を離れるでしょう」

「まあ、パーカー・パインさん！　どんな手段を使って下さったのですか？」

「一セントも出費はかからないでしょう」とパーカー・パイン氏はいって目をまたきらめかした。

「ひょっとしてあの女性に何とか影響力を及ぼすことができるのではないかと思ったのですが、その通りでした」

「あなたは何てすばらしい方でしょう。ニーナ・ウィチャリーのいった通りでしたわ…

…あの――どうか、お知らせ下さい――相談料を――」

パーカー・パイン氏は手入れの届いた手を振った。

「一ペニーもいりませんよ。お役に立ててうれしいと思っています。これで何もかもうまくいくでしょう。もちろん、息子さんはドロレス嬢が行く先も知らせずに姿を消したと知った当座は動揺なさるでしょうがね。一、二週間は、せいぜいやさしく扱っておあげなさい」

「もし、ベティーがあの子をゆるしてくれれば――」

「もちろん、ゆるすでしょうとも。あの二人は似合いのカップルです。ところで、私も明日はここを立ちます」

「まあ、パーカー・パインさん、淋しくなりますわ」

「息子さんがまたべつな娘さんに夢中になる前に出発した方がよさそうですからね」

パーカー・パイン氏は甲板の手すりの上から身を乗り出してパルマの町の灯を見守っていた。そのかたわらに立っているのはドロレス・ラモナだった。パーカー・パイン氏は感心しきっているような声音でいった。

「水際だった仕事ぶりだったよ、マドレーヌ。きみに電報を打ってきてもらってよかった。じっさいはきみはめったに出歩かないおとなしいお嬢さんなんだから、こんな役を頼むのは考えてみると妙だがね」

マドレーヌ・ド・サラこと、ドロレス・ラモナこと、マギー・セイヤーズはつつましくいった。

「ご満足いただけてよかったですわ、パーカー・パインさん。いい気晴らしにもなりましたし。あたし、船室に行って船が出る前に床につくことにしますわ。海には弱くて」

数分後、パーカー・パイン氏の肩に手が置かれた。バズル・チェスターであった。

「どうしてもお送りしたかったのでうかがいました、パーカー・パインさん。ベティーからくれぐれもよろしくとのことです。ぼくら二人とも、心からあなたに感謝していますす。見事な大芝居でしたね。ベティーと母はいまでは切っても切れぬ仲のよさです。母を騙したのはちょっと気がさしますが——あのときはどうにも手がつけられなくて。いずれにせよ、いまは何もかもうまくいっています。ぼくはもう二日ばかり、不機嫌な態度を取っていなければならないでしょうが。ぼくらは何といっていいかわからないくらい、あなたに感謝しています——ベティーも、ぼくも」

「ご幸福を祈りますよ」

「ありがとうございます」

一瞬の沈黙の後、バズルはことさらにさりげない口調できいた。

「ところで、あの――ミス・ド・サラにはお目にかかれるでしょうか。あの人にも一言お礼をいいたいと思うのですが」

パーカー・パインはきっとした目で青年を見やった。「あいにくと、もうやすんだようです」

「それは残念ですね――いつかまた、ロンドンででもお目にかかりたいものです」

「じつをいいますと、これから私の用事でアメリカに立ちますのでね」

「そうですか！」とバズルはぼんやりした口調でいった。「では――失礼します……」

パーカー・パイン氏はにっこりした。船室にもどる途中で、彼はマドレーヌのドアを叩いた。

「どう？　気分は悪くはないかね？　われわれの友人のあの青年が送りにきたよ。例によってちょっとばかり、マドレーヌ熱にかかっているようだった。なに、一日二日で全快するだろうが、きみは少々魅力的すぎるんだな」

黄色いアイリス
Yellow Iris

エルキュール・ポアロは壁に取りつけた電気のラジエーターの方に両足をぐっと伸ばした。まっかに焼けたバーがきちんと並んでいる外見が、秩序だった精神を誇る彼の目に快かった。

「石炭の火というやつは、どうも感心しない。形がつねに定まらず、形らしいものがあるとしてもはなはだ行きあたりばったりだ。シンメトリーは望むべくもない」

電話のベルが鳴った。ポアロは立ちあがりながら懐中時計をちらっと見た。十一時半ちょっと前だ。こんな時間にだれが？　もちろん、間違い電話という可能性もある。

「しかしまた」と彼はふと笑いを浮かべて呟いた。「新聞社をいくつももっている億万長者が別荘の書斎で死んでいるのが発見されたという知らせかもしれないぞ。斑点のある蘭を左手に握りしめ、『料理の手引』かなんぞから破ったページを胸にピンで留めて」

なかなか面白いとひとり笑いしながら、ポアロは受話器を取りあげた。

先方の声がすぐに聞こえた――低いハスキーな女性の声――ひどく差し迫った感じの声音であった。

「エルキュール・ポアロさんですの？　エルキュール・ポアロさんですのね？」

「はい、エルキュール・ポアロですが」

「ポアロさん――すぐきて下さいます？――すぐ――危険が――たいへんな危険が迫っているという――予感がするんですの」

ポアロは鋭い声音でいった。

「あなたはどなたです？　どこから電話しておいでになるのです？」

声はかすかになったが、せっぱつまったような必死の響きはかえって増した。

「すぐに……生きるか死ぬかの問題ですの……〈白鳥の園〉に……すぐ……黄色いアイリスを飾ったテーブルです……」

ちょっと間を置き……喘ぐような奇妙な音がして……電話は切れてしまった。

エルキュール・ポアロは受話器をおろした。その顔には怪訝そうな表情が浮かんでいた。彼は口の中で呟いた。「ひどく妙だな、これは」

レストラン〈白鳥の園〉の入口に立つと、ウェイターのふとったルイジが急いで進み出てポアロを迎えた。「よくおいで下さいました、ポアロさま。テーブルをお取りいたしますか？」

「いいんだ、ルイジ。友だちを探しているんだが。自分で探すよ――まだきていないのかもしれない。ところで、黄色いアイリスの載っているあの隅のテーブルだが――差し支えなかったら説明してくれないか？　ほかのテーブルにはチューリップが――ピンクのチューリップが飾ってあるのに――なぜ、あのテーブルだけは黄色いアイリスなのかね？」

ルイジは肩を大仰にすくめた。

「そういうお申しつけだったのですよ、ムッシュー。とくべつなご注文で。どなたか女性のお客さまのお好みらしゅうございます。あのテーブルはバートン・ラッセルさま――アメリカのお方です――のご予約です――たいへんなお金持でいらっしゃるとか」

「ほう、女性の気まぐれはできるだけ尊重せんとね。そうだろう、ルイジ？」

「まったくでございます」

「おや、あのテーブルにたまたま知り合いの男が坐っている。行って声をかけてみよう」

　ポアロはダンスの始まっている一郭をぐるっと迂回して歩いた。問題のテーブルには六人分の食器が並べてあったが、さしあたって席についているのは一人の青年で、考えこんだ――というよりうつうつと楽しまない様子で、シャンペンを飲んでいた。

　彼はポアロがここで会うことを予期したたぐいの男ではなかった。危険とか、メロドラマをトニー・チャペルの属する社会層の人間から連想するのはおよそ困難であった。

　ポアロはテーブルの脇でさりげなく足を止めていった。

「おや、アントニー・チャペル君じゃありませんか」

「こいつはすばらしい――名探偵ポアロ氏のご登場ですか」と青年は叫んだ。「アントニーじゃなく、トニーと呼んで下さい。友だちにはトニーで通っているんですよ！」

　トニーは椅子を勧めた。

「さあ、どうか坐って下さい。犯罪談義でもどうです？　いや、それより、もう一歩進めて、犯罪に乾杯といきましょう」とからのグラスにシャンペンを注いだ。「しかしこんな所で何をしておられるんですか？――歌と踊りの陽気なこの殿堂で？　ここには死体なんか、ありませんよ。残念ながら、あなたにお見せできるような死体は一つもありゃしません」

ポアロはシャンペンをすすった。

「陽気ですね、あなた《モン・シエール》は」

「陽気？　それどころか、みじめですよ――憂鬱病にとことんひたっているんです。いま演奏している音楽ですが、何だか、わかりますか？」

ポアロはあやふやな口調でいった。

「《あの子はどうしてわたしを捨てた》とか何とかいうんじゃありませんでしたっけ？」

「まあ、当てずっぽうとしてはそうわるい方でもありませんが、やはり違いますね。《恋ほど切ないものはない》という題ですよ」

「ほう」

「ぼくの好きな曲です」とトニー・チャペルは悲しげにいった。「気にいりのレストラン、気にいりのバンド――おまけに気にいりの女の子がきているというのに、あいにくそのお嬢さんはほかの男と踊っている」

「それで憂鬱というわけですか？」

「その通り。ポーリーンとぼくは、ちょっとしたいいあらそいをしたんです。といってもおおかたはポーリーンがまくしたて、ぼくはぼそぼそと、『しかし——きみ——ぼくにも——説明——させてくれよ』という五語だけしかいえなかったんですがね。それで——」とトニーは悲しげに付け加えた。「毒でも飲みたい気分なんですよ」

「ポーリーン？」とポアロは呟いた。

「ポーリーン・ウェザビー。バートン・ラッセルの義妹です。若くて美しく、たいへんな金持ですよ。今夜はバートン・ラッセル主催のパーティーなんです。バートンを知っていますね？　大実業家で、髭をきれいに剃ったアメリカ人です——覇気満々、強烈な個性の持ち主です。彼の奥さんがポーリーンの姉さんだったんです」

「ほかにそのパーティーに列席するのはどんな方々です？」

「音楽が終わったら、じきお会いになれますよ。ローラ・ヴァルデス——メトロポール劇場にかかっている新しいショーに出演中の南アメリカ出身のダンサーですよ。それからスティーヴン・カーター。カーターを知っていますか？　外交畑の男です。ひどく無口で、〝だんまりのスティーヴン〟で通っています。〝それについては立場上、申しあげかねます……〟式のことばかりいう男です。やあ、きましたよ」

ポアロは立ちあがった。そしてバートン・ラッセル、スティーヴン・カーター、それに黒髪の妖艶なローラ・ヴァルデス嬢に順次ひきあわされた。最後にまだ少女のような、金髪の若い女性、やぐるまぎくの色の目をしたポーリーン・ウェザビーに。バートン・ラッセルはいった。

「ほう、こちらがあの高名なエルキュール・ポアロさんですか？　お目にかかれてうれしいです。どうかお坐り下さい。われわれの仲間いりをして下さいますか？　もしもほかにお約束が――」

「お約束はおありのようですよ。死体とね。それとも公金を横領してドロンした実業家か、ボリオブーラガ国のラジャーが所有する見事なルビーの盗難事件に関してか」とトニー。

「何をおっしゃる！　私が仕事から解放されることがまったくないとでもお思いですか？　たまにはもっぱら楽しみを求めることも許されるのではないでしょうか？」

「いやあ、ここにいるカーターとでも約束があるんじゃありませんか？　ジュネーヴからの最新情報について、もしくは国際情勢の緊迫、なくなった設計図をはやく発見しないと明日は宣戦布告とか、まあ、そういった話でも」

ポーリーン・ウェザビーがつんけんした声で口をはさんだ。

「あなた、どうしてそうばかげたことばかり、立てつづけにいうの、トニー？」

「ごめん、ポーリーン」

トニー・チャペルは面目を失墜して沈黙した。

「なかなか手きびしいですね、マドモアゼル」とポアロがいった。

「あたし、四六時中ばかげたことばかりいっている人って、大きらいですの」

「なるほど。とすると、こちらも気をつけなければいけませんな。せいぜいもっぱら真面目な話題について話すとしましょう」

「あら、いいえ、ポアロさん、あなたのことじゃありませんのよ」

ポーリーンは彼に笑顔を向けてきいた。

「あなたはほんとうにシャーロック・ホームズみたいな名推理をなさいますの？」

「ああ、推理ですか——推理はじっさいにはそうたやすくはないものでしてね。しかし、一つ、やってみましょうか？　まず——あの黄色いアイリスはマドモアゼルのお好みの花でしょうな？」

「とんでもありませんわ、ポアロさん。あたしはスズランか、バラが好きですの」

ポアロは嘆息した。

「当たりませんでしたか。もう一度やってみましょう。今夜、少し前にあなたはだれかに電話なさいましたね？」

ポーリーンは笑って手を叩いた。

「その通りですわ」

「ここにいらしてあまりたたないうちに？」

「また、当たりよ。ドアをはいってすぐかけましたわ」

「ああ――しかしこれはこちらの当てはずれでした。するとこのテーブルにお着きになる前に電話なさった？」

「ええ」

「とすると――どうもいけませんな」

「それどころか、あなたはとても頭がいいと思いますわ。あたしが電話をしたって、どうしておわかりになりまして？」

「それは、マドモアゼル、名探偵の秘密です。さて、あなたが電話なさった相手の名はP、もしくはHではじまりますね？」

ポーリーンは笑った。

「はずれよ。あたし、メイドに電話して、出し忘れたとても大切な手紙を投函してくれっていいましたの。ルイーズって名のメイドですわ」

「さあ、わからなくなりましたな――どうも」

ふたたび音楽がはじまった。

「どう、ポーリーン？」とトニーがいった。

「いま踊ったばかりですもの。そうすぐ踊るつもりはなくてよ、トニー」

「がっかりだな」とトニーはひとりごとのように呟いた。

ポアロは左隣りに坐っている、南アメリカ出身のローラ・ヴァルデスに低い声でささやいた。

「セニョーラ、私は踊っていただけませんかとは申しませんよ。それにはあまり年がいきすぎていますから」

ローラ・ヴァルデスは答えた。

「そんなこと、ナンセンスですわよ。あなたはまだまだお若いじゃありませんの。髪の毛だってまだ黒々しておいでだし」

ポアロはちょっとたじろいだ。

「ポーリーン、義兄として、また後見人として」とバートン・ラッセルが重々しい口調でいった。

「きみをフロアに誘いたいんだが、いいだろうか。これはワルツだ。私もワルツなら踊れるからね」

「まあ、もちろん、バートン、いいことよ。この曲いかが？　踊りましょうか？」

「ありがとう、ポーリーン、すてきだよ」

二人はフロアに出て行った。トニーは椅子の背を少し倒すようにしてもたれかかり、黙りこくっているスティーヴン・カーターを見返った。

「きみはあいかわらず雄弁だな、カーター。例によってたのしいおしゃべりで、一座を賑わしている」

「まったく、チャペル、きみが何をいおうとしているのか、ぼくにはいっこうにわからんね」

「わからんね──か」とトニーは口真似をした。

「せいぜいお手柔らかに願おう」

「飲みたまえよ──せめても。しゃべる気がないなら」

「いや、もうたくさんだ」

「だったらぼくがもらおう」

スティーヴン・カーターは肩をすくめた。

「ちょっと失敬、あそこに知人がいるんでね。イートンでいっしょだったんだ」

スティーヴン・カーターは立ちあがって、二つ三つ向こうのテーブルに近よった。

トニーは陰鬱な口調でいった。

「イートン出身を気取る奴らは赤ん坊のときにかたっぱしから池にでもほうりこむべきだな」

エルキュール・ポアロはあいかわらずかたわらの黒髪の美人に愛想をふりまいていた。

「おうかがいしたいんですが、マドモアゼルのお気にいりはどういう花ですか？」

「あらまあ、どうしてそんなことをお聞きになりますの？」

ローラは思わせぶりにきいた。

「マドモアゼル、ご婦人に花をお送りするとしたら、お好みの花をとうかがいを立てるのが私の主義でして」

「まあ、なんてすてきなことをいって下さるんでしょう、ポアロさん。ではお知らせしますわ——あたし、大輪の濃い赤いカーネーションが好き——それとも濃い赤いバラか」

「いいご趣味ですね——いや、まったく！　では黄色の花は、たとえば黄色いアイリスなどはお好みでない？」

「黄色い花？　いいえ——あたしの性格にぴったりきませんもの」

「それは賢明ですな……ところでマドモアゼル、今夜どなたか、お友だちに電話なさいましたか？」

「あたしが、電話を？　いいえ。奇妙《キュリアス》なことをお聞きになるんですのね」

「ええ、私は好奇心の旺盛な人間《キュリアス》でして」

「そのようですわね」とローラは黒い目を見開いてポアロの顔をまじまじ見つめた。

「あなたって、とても危険な殿方らしいわ」

「いやいや、危険じゃありません。むしろ危険の際に役に立つ人間かもしれませんよ！　おわかりでしょう？」

ローラはよく揃った白い歯並びを見せてくすくす笑った。

「いいえ、もちろん、あなたご自身こそ、危険な方だわ」

エルキュール・ポアロは溜息をついた。

「やっぱりわかって下さらないようですね。とにかくすべてがまったくもって奇妙ですな」

それまでぼんやりしていたトニーがわれに返ってとつぜんいった。

「ローラ、一踊りしませんか？　さあ」

「いいわ——ポアロさんにはあたしと踊る勇気がおありにならないみたいだから」

トニーはローラの腰に手を回し、音楽に合わせて滑りだしながら、肩ごしにいった。

「これから発生しようとしている犯罪について、とっくり考えておいでなさい、ポアロ老！」

「含蓄のあることをいわれますな、はなはだ」

ポアロは一、二分考えこんだ様子で坐っていたが、ふと指を一本あげた。ルイジがいちはやく気づいてやってきた。大きな顔を笑みくずしていた。

「きみに聞きたいことがあるんだ」とポアロはいった。

「どうぞ何なりと、ムッシュー」

「このテーブルについている人たちのうちの何人が、今夜、電話を使ったかね？」

「それについてははっきりしたことを申しあげられます、ムッシュー。白いお召物の若いご婦人はお着きになってすぐ電話をおかけになりました。それからコートを預けに行かれましたが、いれかわりにもうおひとかたのご婦人がクロークルームを出て、電話ボックスの所にいらっしゃいました」

「するとセニョーラも電話をかけたんだな！　それはレストランにはいる前かね？」

「はい、ムッシュー」

「ほかには？」

「ほかにはどなたも」

「ふしぎ千万だな、ルイジ」

「さようで、ムッシュー」

「ああ。私は今夜はとくにしっかり目を光らせていなければいけないようだね。何か容易ならぬことが起ころうとしているのだよ、ルイジ。しかるに、私にはそれがどういうことか、さっぱり見当がつかんのだ」

「私にできることがありましたら、ムッシュー」

ポアロが手を振ると、ルイジは心得て足音を忍ばせて立ち去った。ちょうどスティーヴン・カーターがテーブルにもどってきた。

「あいかわらず、われわれだけのようですな、カーターさん？」とポアロがいった。

「そう、まあ――」

「バートン・ラッセル氏はよくご存じですか？」

「ええ、だいぶ前から」

「義妹のミス・ウェザビーですが、チャーミングな方ですね」

「そう、なかなか」

「彼女のこともよくご存じで？」

「ええ、まあ」

「まあ、まあですか」

カーターはポアロの顔を凝視した。

音楽がやみ、みんながどやどやと席にもどってきた。

バートン・ラッセルがウェイターに命じた。

「シャンペンをもう一本、もってきてくれ——急いで」

それからグラスをあげていった。

「みなさん、どうか、ごいっしょに乾杯していただけませんか？　じつを申しますと、今夜こうしてパーティーを計画したのについては、ちょっとした計画があるのです。ごらんのように、私は六人の食卓を予約しておきました。しかしここには五人しかいない。つまり、空席が一つあるわけです。ところが奇妙なめぐり合わせでムッシュー・エルキュール・ポアロが通りかかられたので、パーティーに加わって下さるよう、お願いしました。

しかしみなさん、これはじつはきわめてうってつけの偶然であったのです。その空席はある女性のためのものです——その女性の追憶のために、このパーティーはそもそも催されたのです。すなわち私の愛する妻のアイリスのために。アイリスはちょうど四年前の今夜、死んだのです！」

テーブルのまわりの人々ははっとしたように身じろぎした。バートン・ラッセルは無表情にグラスをあげた。

「ではアイリスの思い出のために！」

「アイリス？」とポアロが鋭い声できいた。

彼は黄色のアイリスを見やった。その視線を捉えて、バートンが静かにうなずいた。

テーブルのまわりで低い呟きが起こった。

「アイリス――アイリス……」

だれもが愕然として居心地わるげだった。

バートン・ラッセルはアメリカ人らしい、ゆっくりした単調なイントネーションで一語一語重々しくいった。

「このように当世風のレストランで、故人の記念の晩餐会を開くというのは何とも奇妙に思われるかもしれません。しかし理由があるのです――しかるべき理由が。事実をご承知ないポアロ氏のために一言ご説明いたしましょう」

バートンはポアロの方に顔を向けた。

「ちょうど四年前の今夜、ムッシュー・ポアロ、ニューヨークで晩餐会が開かれました。列席したのは私の妻と私、ワシントンのイギリス大使館に勤務しておられたスティーヴン・カーター氏、数週間前から、私どもの家にお客として滞在しておられたアントニー

・チャペル氏、当時ニューヨーク市をそのダンスで魅了していたセニョーラ・ヴァルデスといった方々でした。ここにいるポーリーンは――」と少女の肩を軽く叩き、「当時やっと十六歳でしたが、とくに出席しました、覚えているね、ポーリーン？」

「覚えていますわ――ええ」ポーリーンの声はかすかに震えていた。

「ポアロさん、その夜、一つの悲劇が起こったのです。ドラムが打ち鳴らされ、演芸がはじまったときのこと、明かりが消えました――フロアの中央のスポットライト一つを残して。ふたたび明かりがついたとき、ポアロさん、私の妻はテーブルの上にうつぶせになっていたのです――死んでいました――手の施しようもありませんでした。彼女のワイン・グラスの中には青酸カリの残滓《かす》が発見されました。同じものの薬包がハンドバッグの中にはいっていました」

「では自殺されたのですか？」とポアロがきいた。

「一応そういう答申が出ました……私は身も世もなく悲しみましたよ、ポアロさん。そんな行為に出るには何らかの理由があったのだろう――と警察は考えました。私は自殺という決定を受けいれたのでした」

バートンはとつぜんテーブルをドンと拳で叩いた。

「しかし私は納得しませんでした……いいえ、四年間というもの、私はこのことについて考え、悩みました――いまでも納得していないのです。つまり、アイリスが自殺したとは私にはとても思えないのです、ポアロさん。私は妻は殺されたのだと思っています――いま、テーブルを囲んでいるうちのだれかによって」

「ちょっと待って下さい――」

トニー・チャペルが立ちあがりかけた。

「静かにしてくれたまえ、トニー」とラッセルがいった。「まだいいたいことを全部いっていないよ。この中のだれかがやったに違いない――ぼくはそう確信している。だれかが闇に紛れて青酸カリの残っている薬包をあれのバッグに忍びこませたのです。私はだれがそれをしたか、知っていると思います。必ず真相を突きとめるつもりです――」

ローラが甲高い声でいった。

「あなた、どうかしてるんじゃない？――狂ってるわ――だれがアイリスに危害を加えようと思ったでしょう？　とんでもないことだわ。そんなことを考えるなんて本当にどうかしているわよ。あたしはもうたくさん――」こういいかけて急に言葉を切った。ドラムが轟きはじめたのであった。

バートン・ラッセルはいった。

「演芸がはじまります。話は後で続けましょう。そのまま、坐っていて下さい、どなたも。私はちょっとバンドにいいたいことがあるので失礼します。なに、ちょっとした取りきめについてです」

こういうと立ちあがってテーブルを離れた。

「何て途方もないことをいいだすんだ」とカーターがいった。「あの男、どうかしている」

「ええ、狂ってるわ、本当に」とローラ。

明かりがいくぶん暗くなった。

「ぼくも帰りたいね」とトニーがいった。

「だめよ」とポーリーンがきつい声でいった。それから呟くように、「ああ、いや――たまらないわ――」

「どうなさいました、マドモアゼル？」とポアロが低い声できくと、ポーリーンはほとんどささやくような声で答えた。

「恐ろしいんですの！　ちょうどあの晩そっくりなんですもの――」

「しっ！　しっ！」と何人かがいった。

ポアロは、「ちょっと失礼」とポーリーンに耳打ちして肩を叩いた。「大丈夫ですよ。心配いりません」

「まあ、あれを聞いて！」とローラが叫んだ。

「どうしました、セニョーラ？」

「同じ曲よ――あの晩、ニューヨークで演奏していたのと同じ歌だわ。バートン・ラッセルがそう取り計らったのよ。気色がわるいわ、何もかも」

「しっかりなさい――しっかり」

またしても沈黙があった。

一人の若い女がフロアの真中に歩み出た。大きく目を見はって観客を見まわしながら。黒い肌の女性だった。白い歯並が光った。低いしゃがれた、しかし奇妙に人の心を動かす声で、彼女は歌いはじめた。

忘れたわ、あなたなんて
考えもしないわ
あなたの歩きぶり
あなたの話しぶり
どんなことをいったか
もうみんな忘れたわ

考えもしないのよ
あなたの目が青かったか
それともグレイだったか
そんなことはもう思いださない
忘れたのよ、ほんとよ
考えもしないのよ
たくさんなの、もう
あなたのことを考えるのは
いったでしょ、あたし
たくさんなのよ
あなたなんて……あなたなんて
あなたなんて……

すすり泣くような調べ、深い、黄金のつやをもつ黒人女性の声は強烈な効果をもっていた。それは人々に催眠術をかけ——彼らを呪文でかな縛りにした。ウェイターたちすらもそれを感じていた。その部屋の中にいたすべての人が、歌い手の掻きたてる濃密な感情に眠気を誘われたようにうっとりと見つめていた。

一人のウェイターが、「シャンペンでございます」と低い声で呟きながら、グラスに注いでまわっていた。しかしすべての目は輝くその光の輪に、アフリカからきた先祖をもつ女性に向けられていた。

忘れたわ、あなたなんて
考えもしないわ
いえ、うそよ、みんな
考えているの、あなたのことばかり
いつもいつも、ええ、いつもよ
考えているの、あなたのことばかり
いつもいつも、ええ、いつもよ
あたし
たぶん死ぬまでね……

熱狂的な拍手が起こった。明かりが一時にぱっとついた。バートン・ラッセルがもどってきてそっと坐った。

「じつにすばらしいな――あの歌い手は――」とトニーが叫んだ。

しかしローラの低い叫び声が遮った。

「まあ――ごらんなさい――」

そして彼らは見たのであった。ポーリーン・ウェザビーがテーブルの上に上半身を伏せていた。

ローラがまた叫んだ。

「死んでいるわ――アイリスのときと同じに――ニューヨークでのアイリスと同じに」

ポアロは席から跳び立ってほかの連中に後ろにさがるよう、身振りで命じた。それから少女の上に身を屈めて、ぐったりしている手をそっと持ちあげて脈を探った。

ポアロの顔は蒼白で、きびしい表情を湛えていた。他の人々はみな彼を見つめていた。麻痺したように呆然としていた。

「そう、死んでいます――かわいそうなお嬢さん《ラ・ポーブル・プティット》。私がすぐ隣りに坐っていたというのに、何という！　しかし、殺人者は今度は逃げきれませんぞ」

バートン・ラッセルは色を失って呟いた。「アイリスのときと同じだ……何かを見たんだ、ポーリーンはあの夜――ただ、確信はもてなかった……私にそういった……警察を呼ばなければ……何ということだ、かわいそうなポーリーン」

「マドモアゼルのグラスはこれですか？」とポアロはいってグラスを鼻に近づけた。

「そう、青酸カリのにおいがします。苦いアーモンドのにおいです……同じ手口、同じ毒薬……」

ポアロはポーリーンのハンドバッグを取りあげた。

「ハンドバッグの中を調べましょう」

バートン・ラッセルが叫んだ。

「まさか自殺だというんではないでしょうね？　自殺だなんてことはぜったいにありません」

「お待ちなさい」とポアロは権威をもっていった。「いいえ、バッグの中には何もありません。明かりがつくのが少しばかりはやかったので、殺人者にはその暇がなかったのです。したがって毒薬はいまのいま、その男がもっていることでしょう」

「女かもしれませんよ」とカーターがいった。

ローラはたちまち嚙みつくように、やり返した。ローラ・ヴァルデスを見つめながら。「それ、どういう意味？　何をいうのよ？　あたしが殺したなんて――うそ――うそよ――なぜ、あたしがそんなことをするの？」

「ニューヨークにいたころ、あなたはバートン・ラッセルに気があった。もっぱらそういう噂だった。アルゼンチン生まれの美人は嫉妬ぶかいので知られていますよ」

「そんなこと、うそよ。まっかなうそよ。第一あたし、アルゼンチン生まれなんかじゃないわよ。ペルーよ。いけすかない奴ったら！　唾を吐きかけてやりたいわ——」後はスペイン語でまくしたてた。

「お静かに願います」とポアロが叫んだ。「どうか、私に話させて下さい」

バートン・ラッセルが重苦しい口調でいった。

「諸君の身体検査をする必要があります」

ポアロはおだやかに答えた。

「ノン、ノン、その必要はありません」

「どういう意味です、必要がないとは？」

「私、すなわちこのエルキュール・ポアロは知っているのです。私は心の目で見ます。さてカーターさん。あなたの胸のポケットの中にはいっている紙包を見せて下さい」

「私のポケットには何もはいっていませんよ。何をばかな——」

「トニー君、すみませんが——」

カーターは怒った。

「何をする！」

トニーはカーターが防ぐ前にすばやく薬包をそのポケットから取り出した。

「ありましたよ、ポアロさん、あなたのいった通りです」

「何もかも大うそだ」とカーターが叫んだ。

ポアロは紙包を取りあげてラベルを読んだ。

「青酸カリ。これでもう疑いの余地はありません」

バートン・ラッセルがくぐもった声でいった。

「カーター、きみだったのか！　前々からそうじゃないかと思っていたんだ。アイリスはきみと愛しあっていた。駆け落ちをしたいと考えていた。きみは大切な経歴をふいにすることを望まず、スキャンダルを恐れた。きみが絞首刑になるように、かならず持ちこんでみせるぞ。何という汚らしい奴だ、きみは！」

「お静かに！」とポアロが権威のこもった声できっぱりいった。「まだこれで幕ではありません。エルキュール・ポアロから申しあげたいことがあるのです。ここにおいでの私の友人、トニー・チャペルは私が到着したときに、犯罪をかぎつけてきたのだろうといいました。その通りです。少なくとも部分的には。私の念頭にはたしかに犯罪がありました――といっても犯罪を行なうためでなく、阻止するために私はきたのでした。そしてその通り、私は犯罪を未然に阻止しました。殺人者の計画は見事なものでした。しかしこのエルキュール・ポアロは殺人者に一歩先んじました。明かりが消えたとき、エルキュール・ポアロはとっさに考えて、マドモアゼル・ポーリーンの耳にあることをささやきました。マドモアゼルもまた機敏に賢明に行動され、役割を巧みに果たされました。マドモアゼル、死んでいるわけではないということを見せて下さいませんか？」

ポーリーンは起き直って、震える声で笑った。

「いかが？　ポーリーンの復活よ」

「ポーリーン――よかった！」

「トニー！」

「ぼくのポーリーン！」

「あなたを愛しているわ！」

バートン・ラッセルが喘ぐようにいった。

「私には――何が何だか、さっぱりわからんが――」

「わかるようにご説明しましょう、バートン・ラッセルさん。あなたの計画は挫折しました」

「私の計画？」

「そう、あなたの計画です。明かりが消えている間、アリバイのなかったのはだれですか？　テーブルを離れた、ただ一人の人間――すなわちあなた、バートン・ラッセル氏です。しかしあなたは闇に紛れてもどってきて、シャンペンの瓶をもってテーブルのまわりを回り、グラスを満たし、青酸カリをポーリーンさんのグラスにいれ、半分だけ残っている紙包をカーターさんの胸のポケットにいれた。グラスを動かすためにカーターさんの上に身を屈めた際に。そうです、暗闇の中でみんなの注意がほかにそらされているときにウェイターの役を演ずるのは容易です。それこそが、今度のこのあなたのパーティーの本当の理由だったのです。殺人を犯すのに一番安全な場所は群集の中です」

「いったいぜんたい――なぜ、私がポーリーンを殺さなきゃいけないんだ？」

「たぶん金が絡んでいるんでしょうな。奥さんが亡くなられて、あなたは奥さんの妹さんの後見人となった。今夜、そうご自分でおっしゃいましたね。マドモアゼル・ポーリーンは二十歳です。彼女が二十一歳になるか、あるいは結婚すれば、あなたは管理を委託された財産について計算書を出さなければならない。たぶんあなたにはそれができなかったのでしょう。それで投機をしたからです。あなたが奥さんを同じようにして殺したのか、それとも彼女の自殺にヒントを得て今夜の犯罪を計画したのか、それはわかりません。しかし今夜、あなたは紛れもなく殺人未遂の罪を犯した。あなたを起訴するかどうかはポーリーンさんのご判断にかかっています」

「いいえ」とポーリーンはいった。「起訴はしませんわ。私の前から、この国から姿を消してもらいます。あたし、スキャンダルはいや」

「では即刻立ち去ることをお勧めしますよ。バートン・ラッセルさん、そして今後はもっと慎重に行動されるように」

バートン・ラッセルは立ちあがった。その顔はひきつっていた。

「くたばっちまえ、このおせっかいやきの小ざかしいベルギー人め！」

彼は怒気満面荒々しく歩み去った。

ポーリーンはほっと溜息をついた。

「ポアロさん、あなたはすばらしい方ですわ……」

「あなたこそ、すばらしかったですよ、マドモアゼル、とっさにシャンペンをこぼし、迫真的に死んだ真似をなさった」

「ああ、もうおっしゃらないで。怖いのよ」とポーリーンは身震いした。

ポアロは静かにいった。

「私に電話なさったのは、やっぱりあなただったんですね？」

「ええ」

「どうして？」

「さあ、わかりませんわ。あたし、心配で――なぜかはわからず、むしょうに怖かったんですの。バートンはあたしに、アイリスを追悼してこのパーティーを催すつもりだといいました。何か考えがあるのだとは思いましたけれど、どういう計画か、あたしにいってはくれなかったんです。ひどく奇妙な様子で興奮していましたので、あたし、何か恐ろしいことが起こるのではないかと思って――もちろん、あの人がこのあたしを殺すつもりだったなんて、夢にも思いませんでしたけど」

「それで、マドモアゼル？」

「あたし、いろいろな人があなたのことを話しているのを聞いていましたの。あなたにここにきていただければ、何かが起こるのを止められるかもしれない――あたし、そう思いました。あなたは――外国人でいらっしゃるから――あたしが電話して、危険に瀕していると必死でしゃべれば――そして、すべてを神秘めかしくすれば――」

「私がメロドラマの可能性に魅了されて乗りだすとお思いになったのですね。私はふしぎだと思いました。メッセージそのものは――明らかに〝芝居がかって〟いました――つまり、本当らしく響かなかったのです。しかし声にこもっている不安――は本物でした。それで私はやってきたのです――しかしあなたはいかにもきっぱりと、メッセージを送ったことを否定なさいました」

「仕方ありませんでしたのよ。それに、メッセージを送ったのがあたしだとわからない方がいいとも思いましたし」

「ああ、しかし、私はあなただとかなりはっきり確信していました。はじめのうちはわかりませんでしたが、すぐ、黄色いアイリスがテーブルに飾られることを知っている人はただ二人、あなたか、バートン・ラッセル氏だけだと気づいたのです」

ポーリーンはうなずいた。

「あたし、バートンが花を注文しているのを聞いたんですの。それに六人のテーブルを予約するのも。じっさいには五人のはずですのに。それでもしかしたら——」といいかけて唇を噛んだ。

「もしかしたら何です、マドモアゼル？」

ポーリーンはゆっくりいった。

「あたし、カーターさんに——何か起こるんじゃないかと心配になって」

スティーヴン・カーターは咳払いしてとくに急いでいる様子もなく、やおら立ちあがった。

「エヘン——あなたにお礼を申しあげなければなりませんね、ポアロさん——たいへんお世話になりました。お先に失礼してもお許し願えると思います。今夜の出来事は——少々——ショックでした」

カーターの後ろ姿を見送って、ポーリーンは激しい口調でいった。

「あの人をあたし、憎んでいますの。はじめからあの人の——せいだと思っていましたの、アイリスが自殺しましたのは。もしかしたらバートンが殺したのかもしれませんけど。ああ、とにかくたまりませんわ……」

ポアロが静かにいった。

「お忘れなさい、マドモアゼル……過去は去るに任せ……現在のことをお考えなさい……」

ポーリーンは呟いた。「ええ——おっしゃる通りですわ」

ポアロはローラ・ヴァルデスの方を向いた。

「セニョーラ、夜がふけるにつれて私もいささか大胆になってまいりました。もし踊っていただけるのでしたら——」

「ええ、もちろんですとも。あなたはすてきな方ですわ、ポアロさん。ぜひ踊っていただきたいわ」

「痛みいります」

トニーとポーリーンだけが残された。二人はテーブルごしにお互いの方に身を屈めた。

「ああ、ポーリーン！」

「トニー！　あたし今日一日、あなたに意地わるばかりいっていたわ。ゆるして下さる？」

「きまっているじゃないか、きみは天使だ！　ああ、またあの曲だよ。さあ、踊ろう」

二人は互いの顔にほほえみかけながら、小さく口の中で声を合わせつつ、ダンスの群れに加わった。

恋ほど、みじめなものはない
恋ほど、切ないものはない
さながらものにつかれたように
ときには涙し
ときに狂い
ただやるせなく、気が沈む
恋は人を夢中にさせる

恋は人を狂わせる
ときにののしり
ときにあてつけ
自殺したくなるかと思えば
人を殺したくなりもする
恋ほど切ないものはない
恋ほどみじめなものはない……

ミス・マープルの思い出話

Miss Marple Tells a Story

この話、前にしたことはないでしょうね、レイモンド？　ジョーン、あなたも初耳でしょ？　ちょっと奇妙な話なんですよ、もう何年にもなりますねえ、あのときから。自慢話みたいに聞こえるとしたら、わたしとしては不本意ですね。だってもちろん、若いあなたがたにくらべれば、わたしなんか、頭もわるいし――ええ、それはわかっていますとも。レイモンドの書く小説は現代的っていうんでしょうねえ。主人公はあまり感じのよくない若い人ばかりのようだけれど。ジョーンの絵の中の、四角い胴体のところどころが妙な具合に突き出している人物にしたってねえ、なかなか達者なものだと思いますよ。ただ、レイモンドがいつもいうように（親切心からですとも、もちろん。わたしの甥の中でもとくにやさしい気持の子ですからね）、わたしって、どうしようもなく古風なのね。わたしの好きなのはアルマ・タデマ（イギリスに帰化したオランダ生まれの画家。一九一二年没）やフレデリック・レートン（イギリスの画家。一八九六年没）ってところですわ。あなたがたにはああいう絵は、何とも古くさく見えるんでしょうけれど。おやおや、何の話をしていたんでしたっけね？　そうそう——自慢話のように聞こえたら困るといったんでしたね——でも少しばかりいい気持になるのは仕方のないことでしょうねえ。なぜって、ほんの少し常識を働かせただけで、わたしよりずっと頭のいい人たちを困惑させた難事件を、このわたしが解決したことになるようですからね。もっともほんとのところ、はじめから一目瞭然だったのに、という気もしますがね。

　では、このちょっとした事件のことをお話ししましょうか。いい気なものだとあなたがたは思うかもしれないけれど、のっぴきならない苦境に置かれた人を助けてあげたってことで、まあ、大目に見て下さいな。

　はじめてこの事件について知ったのは、ある晩の九時ごろのことでしたよ。グエンが——（グエンを覚えているでしょうね、レイモンド？　そら、うちにいた、赤い髪の若いメイドですよ）ええ、グエンが取りついだんです——ペサリックさんが、紳士の方をお一人お連れになって、ぜひお目にかかりたいといっておいでだって。グエンは客間にお通ししたといいました——お一人は初対面のお客だから、それでよかったんですけれどね。わたしはそのとき食堂に坐っていましてね。春先に二つの部屋に火を焚くのはもったいない話ですものね。わたしはグエンにチェリー・ブランデーとグラスをもってくるようにいいつけて、いそいで客間にはいって行きましたよ。レイモンド、あなたはペサリックさんを覚えているでしょうね？　二年前にお亡くなりになったんですが、わたしの法律面のことをお任せしていたばかりでなく、古くからのお友だちでしてね、たいへん頭の切れる、聡明な方でしたっけ。いまでは息子さんがわたしの財産面の管理をして下さっていますけれど——お若いし、現代風な、とてもいい方だけれど——どういうんでしょうね、ペサリックさんのときのように全幅の信頼を寄せるというわけにいかなくて。

さて、わたしがペサリックさんに、この部屋にはあいにく火を焚いてないので、よろしかったら食堂でお話ししたいのですがと申しあげるとペサリックさんはすぐ、もちろん構わないとおっしゃって下さいましてね、同伴の紳士をローズさんとご紹介なさいました。まだ若い人でしてね、四十を越えてはいないと思いましたが——わたし、すぐ、この人は何か、なみなみならぬ問題をかかえているなと思いましたね。態度がたいへんおかしかったんですの。緊張のあまりだと察しがつかなかったら、ひどく失礼な人だと思ってしまったでしょうよ。

わたしたちが食堂に落ち着くと、グエンがチェリー・ブランデーを運んできました。ペサリックさんはすぐ訪問の理由を説明なさいました。

「ミス・マープル、古いお友だちということでぶしつけをどうかおゆるしいただきたいと思います。今日こうしてうかがいましたのは、ぜひとも相談に乗っていただきたかったからでして」

わたしがその言葉の意味をはかりかねていますと、ペサリックさんは続けました。

「病気について、医師には二通りの見解がありましょう。専門医の見解と、いわゆる町医者――地域の開業医の見解とがね。近ごろではとかく専門医の見解の方を重んずるのが流行のようですが、私は同意しかねるのです。専門医には自分の専門の領域での経験しかありません――一方、町医者の方は知識の量は少ないかもしれませんが――広汎な経験をもっています」

わたしにはペサリックさんの言葉の意味が理解できました。というのは、わたしの姪の一人がつい先ごろ、有名な専門医の所に子どもの皮膚病について相談に行ったのです。かかりつけのお医者さんは古くさいとかねがね思っていたものですから。さて専門医は高価な治療法を指示したのですが、後になってその子の皮膚病というのははしかの変型だったということがわかりました。

お医者さんのことなんか持ちだしましたのはね（わたし、いつも話が横道にそれてはたいへんと気をつけているんですよ、これでも）、ペサリックさんがわたしを町医者になぞらえておいでなのだとうれしく思ったということを、ここでいっておきたいからなんですが、でもいったい何をいおうとしていなさるのか、しばらくは見当もつきませんでしたよ。

「ローズさんのお加減がわるいのでしたら——」こうわたしはいいかけて言葉を切りました——ローズ氏が苦々しげな笑い声を立てたからです。

「たぶん、二、三ヵ月後には絞首刑になって、首の骨を折って死ぬでしょうね」って。

そしてようやく事情が明らかになったのです。しばらく前に、ここから二十マイル離れたバーンチェスターで殺人事件が起こりました。事件当時、わたしはあまりそれに関心を払いませんでね。そのころ村で、保健所の看護婦のことで一騒ぎあったものですから、インドの地震とか、バーンチェスターの殺人事件といった外の世界の出来事は——もちろん、村のちょっとした出来事よりほんとうはずっと大ごとなんでしょうけれど——影がうすくなっていたのでした。手近なことでもちきりでしたのでね。村で暮らしてると、とかくそんなふうになりますのね。でも、女の人がホテルで刺されたということを新聞で読んだのを覚えていましたっけ。名前までは記憶にありませんでしたけれど。

その女の人がローズさんの奥さんだったんですの——そればかりでなく——ローズさんご自身、奥さんを殺したと嫌疑をかけられていたのです。

こうしたことをペサリックさんは、とてもわかりやすく説明して下さいました。検死陪審の答申は、ひとりもしくは数人の不明の人物による殺人ということだったそうですけれど。ローズさんは、自分は一両日中に逮捕されるのではないかと、ペサリックさんの所に相談にこられ、一切を任せるとおっしゃったのです。ペサリックさんはさらに言葉をついで、その午後、王室弁護士のマルカム・オールド卿に面会して、事情を話して、いざ裁判になったらローズさんの弁護をしてもらうよう依頼したといわれました。

マルカム卿はペサリックさんの話によるとまだお若く、事件への取り組みかたも現代風なのだそうです。自分ならこういう線で弁護するとお洩らしになったのですが、ペサリックさんはいささかそれを不満に思われたのでした。

「つまりです。先にいった専門医の見解に毒されておるんですよ。マルカム卿が事件に取り組むとすると、たった一つの視点に立つでしょう。法廷で勝てそうな視点です。しかしいかに見事に論陣を張ろうと、もっとも重要な点をまるで無視していることがありうる。すなわち私にいわせれば、じっさいに何が起こったかをまるで考慮にいれていないのです」

ペサリックさんはそれから、わたしの洞察力とか、判断力、人間性についての深い理解といったものについて、とてもご親切な、うれしいことをおっしゃって下さいましてね。よかったら話を聞いてもらえないか、あなたなら何とか筋道をつけて下さるかもしれないからとおっしゃったのです。

ローズさんはわたしが何か役に立てるなどとは思っていらっしゃらないようでしてね、こんなばあさんの所になぜ、連れてきたのかと不機嫌そうでした。でもペサリックさんはそんなことにはお構いなしに三月八日の夜にどういうことが起こったのか、かいつまんで話して下さいました。

ローズ夫妻は当時バーンチェスターのクラウン・ホテルに滞在していました。ミセス・ローズは（ペサリックさんが婉曲におっしゃったことからお察ししたのですが）少々憂鬱症の気味だったようで、夕食後すぐ寝室に引きとりました。お二人はドア続きの二つの部屋を取っていらっしゃったのです。さて、ローズさんは先史時代の火打ち石についての本を書いておいでだったので、隣室で机に向かいました。十一時ごろ、書きものをかたづけて寝支度をなさったのですが、ベッドにはいる前に何か奥さんがほしいものはないかとちょっとのぞいてみると、電燈がつけっぱなしになっていて、奥さんはベッドで心臓を一突きされて死んでいたのでした。死後一時間かもう少したっていたということでした。さて明らかになった事実は次のようなものです。

ミセス・ローズの部屋にはローズさんの寝室との間のドア以外にもう一つドアがあって、ここから廊下に出ることができました。このドアには内側から錠がかかり、差し金も差してありました。たった一つの窓も掛け金がかけてあったのです。ローズさんのいうところによると、ミセス・ローズの部屋との間のドアをだれかが通ったのは、部屋づきのメイドが湯たんぽを持ってきたときだけだったということでした。傷口に刺したままになっていたのはミセス・ローズの化粧台の上に置かれていた細身の短剣《スティレット》で、ミセス・ローズはそれをペーパーナイフ代わりに使っていたそうです。凶器には指紋はついていませんでした。

つまり状況を煮つめると――被害者の部屋にはいったのは、ローズ氏と部屋づきのメイドだけだったのです。

わたしはそのメイドについてきいてみました。

「私どももまずその点を調査しました」とペサリックさんはいわれました。「メアリー・ヒルは土地の人間で、クラウンに十年も勤めているということでした。そんな彼女がとつぜん客を襲う、どんな理由があったでしょう？　いずれにせよ、たいへん愚鈍な女で、彼女の証言は終始一貫していました。ミセス・ローズの部屋に湯たんぽを届けたが

――奥さんは眠そうで――ほとんど眠りかけていたと。はっきりいってこの女が殺人を犯したとは私にも信じられませんし、おそらく陪審も一人として信じないでしょう」

ペサリックさんは、さらにいくつかの事実を付け加えられました。クラウン・ホテルの階段の上には小さなラウンジのようなものがあって、お客はおりおりここに坐ってコーヒーを飲んだりしていました。ここから廊下が右手に続き、その廊下に面する最後のドアがローズさんの部屋のそれでした。廊下はそこでぐっとまた右に折れますが、角を曲がった取っつきのドアがミセス・ローズの部屋の戸口でした。事件当時、この二つのドアからの出入りをたまたま見ていた人間がいました。最初のローズ氏の部屋のドア――仮にAドアと呼びましょう――これは四人の人物――二人はセールスマン、二人は老夫婦――がコーヒーを飲みながら見ていました。四人の証言によると、Aドアからはいったのはローズ氏とメイドだけだったのです。廊下側のもう一つのドアB、つまりミセス・ローズのドアの前で電気工事人が工事をしていましたが、ミセス・ローズの部屋から出入りしたのはメイドだけだったとやはりはっきり証言しました。

たしかにたいへんふしぎな興味深い事件です。一見ローズ氏が奥さんを殺したに違いないと思われるのですが、ペサリックさんは依頼人の無実を少しも疑っておられず、ペサリックさんという方はたいへん慧眼な方でしたからね。

検死審問でローズさんはいくぶんためらいながら、どこかの女が奥さんに脅迫状を何通もよこしていたととりとめのないことをいわれたそうでした。ひどく信憑性を欠く話に聞こえたらしいんですね、これが。わたしにその話をしてみてはとペサリックさんに促されて、ローズさんは次のようにいいました。

「ほんといって、ぼく自身、信じていませんでしたね。大部分、エイミーの作り話だと思っていたんです」

ミセス・ローズは察するところ――珍しいことでもありませんがね――自分の身辺に起こった出来事にたえず粉飾を加えている、ロマンティックなほらふきだったようです。彼女自身の話によると、彼女の身に一年間に起こった事件の数々は呆れるほどのものだったようでしてね。道を歩いていてバナナの皮を踏んで滑っただけのことが、あぶなく死ぬところだったというおおげさな話になりますし、ランプの笠が燃えあがったというのが、炎上するビルからやっと救出されたということになるというふうでした。ローズ氏はそれで、奥さんの話をだいぶ割り引きして聞くようになりました。どこかの子どもを轢いて大けがをさせ、母親が復讐を誓ったという話にも――そんなわけで、ローズ氏は何の注意も払わなかったというのです。事件は結婚以前のことで、威し文句を並べた脅迫状を読んで聞かされたけれど、どうせ、妻の作文だろうと考えていたのだそうです。

事実、一、二度そんなことがありましたし。しょっちゅうセンセーションを求めているヒステリックなたちの婦人だったんですね。

さて、こうした話を、わたしはたいへん興味深く聞きました。わたしたちの村にもちょうどそんな若い婦人がいましてね、ミセス・ローズとよく似たうそをつくのです。そういう人々の場合に危険なのは、途方もないことがその人たちの身に振りかかったときに、だれも彼らのいうことを信じてくれないことです。ミセス・ローズの場合もあるいはとわたしには思われました。

警察は、このありそうにない話を、ローズさんが自分から嫌疑をそらすために作りあげたものと聞き流していたようでした。

わたしは事件当時、そのホテルに単身滞在していた婦人はいなかったかときいてみました。二人、いたということでした。一人はミセス・グランビーというインド人との混血の未亡人、もう一人はミス・カラザーズといってちょっと馬に似た感じの独身婦人、この人は話すとき、gの音を落とすそうでした。ペサリックさんは、いろいろ聞きあわせてみたのだが、この二人の婦人のどちらかが殺人現場に近づいたのを見かけた者はいないようだったし、二人とも犯行とはどんな意味ででも結びつかないと付け加えました。

わたしはペサリックさんに、二人の外見についてきいてみました。ペサリックさんの話では、ミセス・グランビーは赤っぽい髪の毛をぞんざいに結い、顔色がわるく、年のころは五十がらみ。服は絵のように色彩ゆたかなインド産の絹ものだったとか。ミス・カラザーズの方は四十ぐらい、鼻眼鏡をかけていて、男のように短く頭を刈り、男ものめいたコートにスカートという服装だったそうです。

「おやおや、それだとちょっとやっかいですわね」

わたしがこういうと、ペサリックさんは物問いたげにわたしの顔をごらんになりましたが、わたしとしてはさしあたっては何もいいたくありませんでしたので、マルカム・オールド卿の御意見はとたずねました。

マルカム・オールド卿は自殺の線で押し通す意図のようだとペサリックさんはいわれました。死体の状況から押して自殺の疑いはまったくないし、指紋が短剣に残っていないのもおかしいが、マルカム卿は医学的にも正反対の証拠を提出する自信があるようで、指紋が残っていなかったということについてももっともらしい説明ができると思っているらしいと。わたしがローズさんに、これについてどう思うかとききますと、彼は医者なんてみんな、呆れたばかりだが、自分としても妻が自殺をしたとはとても信じられないといいました。「そんなたちの女じゃなかったんです」とあっさり。わたしはその言葉を信じました。ヒステリー症の人って、たいてい自殺なんかしないものですからね。

わたしはそれからちょっと考えて、ローズ氏の部屋のドアは直接廊下に面していたかときききました。ローズさんはそうではないといいました。ドアを開けるとちょっとした取っつきの控えの間があって、浴室と洗面所が並んでいた。内側から鍵がかかっていたというドアは、寝室からこの控えの間へのものだったと。

「でしたら」とわたしはいいました。「何もかも簡単明瞭のように、わたしには思えますけれど」

ほんとうに、そう思えたんです、わたしには。ええ、それこそ簡単しごくに。でもだれも、この事件をそんなふうには見なかったようでしたけれどね。

ペサリックさんとローズさんは呆気にとられたように、わたしの顔をまじまじ見つめていなさいましてね。わたし、たいへんきまりがわるくなったものでしたよ。

「たぶん」とローズさんはいわれました。「ミス・マープルはこの問題のむずかしい所以がよくおわかりになっていないのだと思いますが」

「わかっていると思いますよ。四つの可能性が考えられます。⑴ミセス・ローズはご主人に殺された。⑵メイドに殺された。⑶自殺をした。⑷部屋に出入りする所をだれもが見落とした、まったく外部の未知の人間による犯行であった……」

「そんな可能性はありません」とローズさんが遮りました。「ぼくに気づかれずに、だれかがぼくの部屋にはいった、あるいは出たということはありえないのです。たとえ、だれかが電気工事人に見咎められずに妻の部屋からはいったとしても、ドアには内側から鍵がかかり、差し金を差したままだったのです。どうして出ることができたでしょう？」

ペサリックさんはわたしの顔をじっと見て、「それで、マープルさん？」と励ますような口調でいわれました。

「一つおたずねしたいのですが、部屋づきのメイドはどんな姿形の女でして？」

ローズさんははっきり覚えていないといわれました——背は高い方だったと思うがよくわからない——髪の毛の色にしても黒かったか、金髪だったか……わたしは同じことを今度はペサリックさんにきいてみました。

ペサリックさんは、たしか中肉中背で、髪の毛は黄色っぽく、目は青で少々赤ら顔だったといわれました。

「ペサリックさん、あなたの方がぼくより観察眼が鋭いようですね」とローズさんはいいました。

わたしは必ずしもそうではないだろうと敢えて申しましてね。それからローズさんに、ではうちのメイドの姿形についていってみてくれと申しました。今度はローズさんもペサリックさんもはっきりしたことはおっしゃいませんでした。

「どういうことか、おわかりになりますか？」とわたしは申しました。「あなたがたはお二人とも、当面の問題で頭がいっぱいでいらっしゃいます。ですからあなたがたをご案内した女については、この家のメイドだというだけで、とくにつよい印象を受けなかったのです。同じことがホテルでのローズさんにもあてはまります。ローズさんはああ、部屋づきのメイドがきたなとお思いになっただけでした――制服とエプロンだけをごらんになって。書きものに夢中でいらっしゃいましたからね。けれどもペサリックさんはそのメイドを違うお立場で引見なさいました。つまり彼女を一人の個人としてごらんになったのです。殺人を企てた女は、そうした心理状態を計算にいれていたのでしょう」

お二人がまだ怪訝な顔をしていらっしゃるので、仕方なく説明しました。

「こういうことだと思いますの。部屋づきのメイドは湯たんぽをもってドアAからはいり、ローズさんの部屋を通ってミセス・ローズの部屋に行き、狭い取っつきの間を通ってBドアから廊下に出たわけです。X――殺人者を仮にこう呼びますが――はBドアから狭い取っつきの間にはいって、たぶん――ごめんなさいましよ、トイレにでも隠れていたんでしょうね――そしてメイドが立ち去るまで待っていました。その上でミセス・ローズの部屋にはいり、化粧台の上から短剣《スティレット》を取って(その日、早いうちに部屋の中を物色しておいたに違いありません)、ベッドの所に行き、うつらうつらしていたミセス・ローズを刺し、短剣《スティレット》の柄を拭いて、自分が使った取っつきの間へのドアの鍵を内側からかけておいて、ローズさんが書きものをしておられたドアから出たのです」

ローズさんがこのとき、声をあげていいました。「しかし、そうだとしたらぼくがその女を見ているはずじゃありませんか！　電気工事人にしたって、その女が部屋にはいるのを目撃しているはずでしょう」

「いいえ」とわたしはいいました。「そこがあなたがたの勘違いなさっているところですわ。あなたがたはその女をよくごらんにはならないでしょう――メイドの服装をしていればね」この言葉の意味が聞き手の胸にしみこむようにちょっと間を置いて、わたしは続けました。「あなたは仕事に熱中していらっしゃいました――メイドがはいってきて奥さんの部屋に行き、しばらくしてもどってきて出て行くのを横目でちらっとごらんになっただけです。同じ服装――しかしはいって行ったのと出て行ったのは別な人物だったのです。コーヒーを飲んでいた四人のお客が見たのも、メイドがはいって行き、出て行った姿というだけでした。電気工事人にしても同じです。メイドがもしも器量のいい子だったら、男の方はひょっとしたら顔を記憶にとどめるかもしれません――それが自然な人情というものでしょうね――でもそのメイドはごくありきたりの中年の女でした――とすればあなたの目にとまるのは、メイドの服装だけでしょう――着ている当人ではなく」

ローズさんが叫びました。「ではその女はだれだったのです？」

「さあ」とわたしは首をかしげました。「それを断言するのは少々むずかしいですね。ミセス・グランビーか、ミス・カラザーズか。ミセス・グランビーはペサリックさんのお話から察すると平生かつらをかぶっていたようですから、かつらをぬいでメイドになりすますこともできましょうね。ミス・カラザーズの方は髪を男っぽく短く刈っていたといいますから、これまた、かつらをかぶってメイドの役を演ずるのはわけもないことでしょうよ。どっちだったのか、それはたやすく突きとめられると思いますよ。わたしとしてはミス・カラザーズの方ではないかという気がしていますがねえ」

結局、その通りだったのです。カラザーズは偽名でしたが、犯人は間違いなくこの女でした。彼女の一族には精神病の遺伝があったようですね。ミセス・ローズは乱暴な、危険な運転をする人で、あやまって彼女の娘を轢いてしまい、このため、母親は狂ってしまったのです。狂気を気をつけて隠しておりましたが、明らかに常軌を逸した手紙を何通も、いずれ殺そうと思っている相手に送り続けたのです。ミセス・ローズの後をかなり前からつけており、たいへん巧妙に殺人計画を立てました。かつらとメイドの服装は翌朝さっそく小包にして送り出したのです。きびしく取り調べられると、彼女は度を失って、たちまち何もかも白状してしまったそうです。かわいそうにいまはブロードムア（イングランド、バークシャーの精神病院。精神障害の犯罪者を収容）にいます。もちろん、精神に異常をきたしていたのですが、しかしじつに巧妙に計画された犯罪でした。

ペサリックさんは後にわたしをお訪ね下さって、ローズさんからのご親切なお手紙をお渡しになりました――わたし、読んでいるうちに顔が赤くなってしまいましたっけ。さて、ペサリックさんはそれからわたしにこうおっしゃいました。「一つうかがいたいのですがね、グランビーよりカラザーズだろうと、どうして見当をおつけになったのですか？　どちらにもお会いになったことはないのに」

「それはね、gのことからですの。いえね、話すとき、gを落とすっておっしゃいましたでしょう？　狩猟好きの人は小説の中ではよくgを落とすしゃべりかたをしますわね、でもわたし、じっさいにはそういう人はあまり多くないんじゃないかと考えますの――少なくとも六十歳以下の人の間にはいないんじゃないかと。あなたはミス・カラザーズは四十歳ぐらいだとおっしゃいましたわね、それでいてgの音を落とすのは狩猟好きの婦人の役割を演じていて、凝りすぎたのではないかという気がしましてね」

これに対してペサリックさんが何とおっしゃったか、それはいわないことにいたしますよ——でもいろいろと褒めて下さいましてね——わたしもちょっぴりですが、得意になってしまったくらいでしたよ。

物事が結局は一番いいようになるってふしぎですわね。ローズさんは再婚なさいました——とても感じのいい、かしこい娘さんとね——かわいい赤ちゃんが生まれて——そしてね、まあ、わたしに名づけ親になってくれって。何てやさしいことをいって下さるのかとうれしゅうございましたよ。

あらあら、ひどい長話だとみなさん、うんざりしておいでではないといいんですけれどね……

仄暗い鏡の中に

In a Glass Darkly

このことについては、私には説明がつかない。〝なぜ？〟〝どうして？〟といわれても、筋の通ったことはいえないのだ。ただ、そのようなことが起こった――そういうほかはない。

しかしながら私はときおり考える。何年も後にはじめて気づくにいたったあの重要な点――それにはじめに気づいていたならば、事態は異なった展開を見ていたであろうと。私がそれに気づいていたら――そう、もちろん、三人の関係者の人生はまったく異なったものとなっていただろう。何といったらいいのか――まったく考えるだけでうそ寒くなる。

そもそものはじめから語ろうとするなら、一九一四年の夏にもどらなければならない

——第一次大戦の直前——私がニール・カーズレークと一緒にバッジワージーに行ったときだ。ニールは当時私の親友だった。弟のアランも知っていたが、ニールほどではなかった。妹のシルヴィアにはまだ会ったことがなかった。シルヴィアはアランの二つ下、ニールの三つ下ということだった。ニール兄弟と同じ学校に学んだ私はそれ以前にも二度ほど休暇の数日を彼らの家で過ごすことになっていたのだが、そのつど、何か差し支えが起こって約束を果たせなかったのである。そんなわけで、私がニールとアランの家にはじめて行ったとき、私は二十三歳だった。

　そのときニールたちの家にはかなりたくさんのお客が集まることになっていた。ニールの妹のシルヴィアがチャールズ・クローリーという男と婚約したところだったのだ。ニールの話では、シルヴィアよりかなり年上だが、たいへんいい人間でかなり富裕だということであった。

　私たちは午後七時ごろに家に着いた。みんなは晩餐のために着替えをすべく、自室に引き取っていた。ニールがぼくを部屋に案内してくれた。バッジワージーは魅力的な、だだっぴろい古い屋敷だった。過去三世紀の間にいくつもの部分が接ぎ足され、小さな段々があちこちにあり、思いがけぬ所に階段があったりした。こういう屋敷の案内を心得るのはかなりむずかしい。ニールは晩餐に行くときに寄ると約束してくれた。私ははじめて彼の家族に会うのだと、少し気恥ずかしかった。「廊下で幽霊に出会いそうな家だな」と冗談をいうとニールは軽く、幽霊屋敷だと噂している向きもあるようだが、自分たちは残念ながら幽霊と出会ったことはないし、ここの幽霊がどんな姿をしているのかということさえ知らないのだといった。

彼がそそくさと去った後、私はスーツケースから、晩餐用のスーツを出そうとした。カーズレーク家は富裕ではなかった。古い屋敷は手放さなかったが、下僕が荷をほどきにきて何くれとなくかしずいてくれるわけでもなかった。

さて、着替えを一通り終え、ネクタイを結ぶことになって、私は鏡の前に立った。自分の顔と肩とそしてその背後に部屋の壁が映っていた――何の変哲もないふつうの壁の真中にドアがあった――ちょうどネクタイを結び終えたとき、私はドアがゆっくり開くのに気づいた。

なぜ、そのとき、振り返らなかったのか、それはわからない――振り返るのが当然だったろうに。とにかく、私は振り返らなかった。私はただ鏡の中のドアがゆっくり開くのを眺めていた――開くにつれて向こうの部屋の内部が見えた。

それは寝室だった――私のよりも大きく――ベッドが二つあった。とつぜん私は息を呑んだ。ベッドの一つの裾に一人の若い女性がいて、その首のまわりに男の手がかかっていた。男はその女性の上体を徐々にそらさせ、首を絞めていた。彼女は呼吸できなくなって苦しんでいた。見間違いということはありえなかった。私の見た光景はまったくはっきりしていた。殺人が行なわれつつあったのだ。

私はその女性の顔をはっきり見てとることができた。目の覚めるような金髪、美しい顔に浮かんだ苦悶と恐怖、顔にしだいに血がのぼっていた。男の方は背中と、手と、顔の左側から首にかけて走っている傷しか見えなかった。

こんなことを書くとかなりの時間がたったようだが、私が呆然としていたのはじっさいにはほんの一呼吸か二呼吸、まったくあっという間の出来事であった。

ようやく私は振り向いて駆けつけようとした……

ところが私の後ろの壁、鏡に映っていた壁の代わりに、そこには大きなヴィクトリア朝風のマホガニーの衣裳戸棚があるだけだった。開いたドアなどありはしない——男が暴力をふるう場面も。私は急いで鏡の所にもどった。鏡には衣裳戸棚が映っているばかりだった……

私は両手で目をこすった。それから部屋を横ぎり、衣裳戸棚を動かそうとした、ちょうどそのとき、ニールが廊下側のもう一つのドアからはいってきて、いったい何をする気かときいた。

ニールは、私が彼の方に向き直って、この衣裳戸棚の後ろにドアはないかときいたとき、ちょっと頭がおかしいんじゃないかと思ったに違いない。彼は、たしかにドアがあって、隣りの部屋に通じているといった。その部屋にはだれが泊まっているのかと重ねてきくと、オルダム少佐夫妻だという返事だった。私は彼に、ミセス・オルダムは黄色っぽい髪かときいた。ニールが素っ気なく、いや、茶色だと答えたとき、私はやっと、自分はとんだばかなことをいっているのかもしれないと気づいた。私はしどろもどろにいいわけをして気を取り直し、ニールといっしょに階下におりた。一種の幻覚だろうと私は考えて——ばかなことをいったものだと、気恥ずかしく思った。

そのとき——そう、まさにそのとき——ニールが紹介したのだった。「妹のシルヴィアだよ」目をあげると、ついさっき絞め殺されそうになっているところを私が鏡の中に見た、あの若い女性の美しい顔があった……そして彼女のフィアンセとして、顔の左側に傷痕のある背の高い、黒髪の男が私にひきあわされたのだった。

そんな次第だったのだ。読者のみなさんが私の立場に立ったらどう考え、どういっただろうか。鏡の中の女性——まったく同じ女性——そして彼女を絞め殺そうとしていた男——二人が私の前に——しかも一カ月後には結婚する男女として立っていたのである。

私はそのとき、未来の幻を見ていたのだろうか？　シルヴィアとその夫がやがていつかここにやってきて、その部屋（客用のものの中で一番よい部屋）をあてがわれる。そして私がついいましがた垣間見た光景がそっくりそのまま現実に起こるのでは？

私としてはどうすべきだろう？　いや、私に何ができるだろうか？――ニールにせよ――シルヴィア自身にせよ……はたして私の言葉を信じてくれるだろうか？

その一週間の間、私はこのことを何度も心の中で考えてみた。話した方がいいか、話さない方がいいか？　そうこうするうちに問題はもう一つこみいってきた。おわかりだろうか。私はシルヴィア・カーズレークを一目見た瞬間から恋したのだ……この世の何ものよりも私は彼女を欲した……ある意味ではそのために、私は思うように行動できなかったのである。

けれども、もしも私が何もいわなかったなら、シルヴィアはチャールズ・クローリーと結婚するだろう。そしてクローリーは彼女を殺すだろう……

そんなわけで私はバッジワージーを去る前日、このことをシルヴィアにすっかり話してしまった。頭がおかしくなったかと思われるだろうと気がひけたのだが、私は厳かに誓った――まったくこの通りのことが起こるのを見たのだ、もしもあなたがクローリーと結婚する決心なら、この奇妙な経験を話さなければと思っていうのだと。

シルヴィアは何もいわずに聞いていた。そのまなざしには、私には理解できぬ表情が浮かんでいた。怒っている様子はまったくなかった。私が語り終えたとき、シルヴィアは真面目な表情で私に礼をいった。私はばかのように繰り返していた。「見たんです。ほんとうに見たんですよ」すると彼女はいった。「あなたがそうおっしゃるのなら、その通りだと思いますわ。あたくし、あなたを信じます」

さて、結局のところ、私は自分が正しいことをしたのか、ばかな真似をしたのか、どっちともわからずにバッジワージーを去った。一週間後、シルヴィアはチャールズ・クローリーとの婚約を破棄した。

その後で戦争が起こった。そうなるとほかのことを考える余裕はなかった。賜暇《しか》の際に一、二度私はシルヴィアに会ったが、できるだけ彼女を避けていた。

一目見たときと同じく、私はあいかわらず彼女を愛し、妻にしたいとつよく願っていた。しかし、何となく、意中を明かすのは公明正大でないような気がしていた。シルヴィアがクローリーとの婚約を破棄したのは私のせいだ——私はそう考えて、まったく無私の立場からの忠告であったということのみが、あの自分の行動を正当化するのだと胸に繰り返しつづけた。

一九一六年、ニールが戦死した。私はシルヴィアに彼の最後の瞬間について話す義務を負うていた。その後は以前のように堅苦しい間柄ではいられなくなった。シルヴィアはニールを尊敬し、愛していた。ニールは同時に私の無二の親友であった。シルヴィアはかわいらしかった。悲しみに暮れてはいても、何ともいえず愛らしかった。私はやっとの思いで沈黙を守り、弾丸が当たってこの情ないめぐり合わせにけりをつけてくれればと祈りつつ、ふたたび前線に出た。シルヴィアのいない人生なんて生きるに価しない――そう思いつつ。

しかしどんな弾丸も私には当たらなかった。一発は右の耳の下を掠めた。もう少し上だったらかすり傷ではすまなかったろう。もう一発はポケットにはいっていたシガレット・ケースに当たってはねかえった。とにかく私は命拾いをした。チャールズ・クローリーは一九一八年のはじめに戦死した。

どういうわけか――それで事情が変わった。私は一九一八年の秋、休戦条約締結の少し前に帰還した。私はその足でシルヴィアの所に行き、愛していると告げた。打ち明けたからといってシルヴィアがすぐに私を愛してくれるとは大して望みをかけていなかった。だから、なぜ、もっとはやくいってくれなかったのだと彼女がきいた時、どんなに驚いたことだろう。私がクローリーのことを口ごもると、「どうして、あたくしがクローリーとの婚約を破棄したとお思いになって？」と彼女はいった。そしてシルヴィアは私に告げたのだ。私が彼女を愛したように、彼女も私を愛したのだ――はじめて会ったときからと。

あの話が原因で、彼女はクローリーとの婚約を破棄したと思っていたのだと私がいうと、シルヴィアは軽蔑したように笑って、人を愛したら幻ぐらいで尻ごみすることはありえないといった。そのことからあの幻のことが話題にのぼり、奇妙だといいあったが、それっきり、もうその話は出なかった。

さて、その後のことについてはあまり話すこともない。シルヴィアと私は結婚し、幸せに暮らした。しかし彼女がほんとうに私のものになるとすぐ、私は自分が最上の部類の夫になれるたちの人間ではないということに気づいた。私はシルヴィアを熱愛したが、きわめて嫉妬ぶかかった。シルヴィアが、彼女がだれかにちょっと笑顔を向けただけで、不当に嫉妬した。はじめのうち、シルヴィアは面白がり、うれしく思ってさえいたようだった。少なくともそれは、私がどんなに彼女を愛しているかを証明していたのだから。

私についていえば、私は自分がとんだばかな真似をしているばかりでなく、シルヴィアとの生活の平和と幸福を危険にさらしているということを十分はっきり承知していた。とはいうものの、こうした態度をあらためることはできなかった。シルヴィアが手紙を受けとり、私に見せないことがあると、いったいだれからきたのだろうと気になった。彼女がだれか男性としゃべっていると、不機嫌になり、猜疑の目を向けた。

前にもいったように、はじめはシルヴィアは私を笑った。ひどくおかしく思ったらしかった。そのうちに、あまり面白い冗談とも思わなくなり、ついには冗談だなどとはまったく考えなくなった。

徐々に彼女は私を避けるようになった。じっさいに避けたというのではない。秘めた心のうちを私に見せないようになったのだ。私は彼女がどんなことを考えているか、わからなくなった。彼女はやさしかった――しかし悲しそうに見えた。それは遠くにいる人間のやさしさだった。

少しずつ、少しずつ私は悟った。彼女がもはや私を愛していないということを。彼女の愛は死んだ。それを殺したのはこの私であった……

次の段階は不可避だった。私はそれを待っている自分に――待ち、かつ恐れている自分に気づいた……

そのうちに、デリク・ウェインライトが私たちの生活にはいってきた。彼は私のもっていないすべてをもっていた。頭脳も、機智に富んだ弁舌も。ハンサムでもあった――それに――それは認めざるをえない――まったくいいやつだった。彼を見たとたんに私は思った。〝この男こそ、シルヴィアにふさわしい……〟と。

シルヴィアは新しい愛に対して戦った。彼女が苦しい戦いをしていることを私は知っていた……しかし私は何の手も貸さなかった。いや、できなかったのだ。私は、陰気な、不機嫌な、控え目な態度を取り、自分の殻の中に閉じこもっていた。そして堪えがたい苦悩を経験していた――それでいて、自分を救うために指一本あげることができなかったのだ――彼女を助けることはおろか。

ある日とうとう私は彼女に対して怒りを発した。乱暴ないいがかりをつけて罵った。嫉妬とみじめさで、私はほとんど気も狂わんばかりだった。私がいったことはむごく、根も葉もなかった。自分でも根拠のない、残酷ないいがかりだと知りつつ、そうしたことを口にしていた。しかしまたそれをいうことに残酷な喜びを覚えていたのである……

シルヴィアが頬を燃やし、たじろいだのを私は覚えている。……

私は彼女をこれ以上は耐えきれぬというところまで追いつめていたのだ。

シルヴィアが、「ああ、もう耐えられない――」と呟いたのを私は覚えている。その夜、私が家に帰ったとき、家はからっぽだった――がらんとしていた。置き手紙があった――お定まりの書き置きである。

シルヴィアは私のもとを去ると書いていた――永久にと。一日二日バッジワージーに行く。その上で自分を愛し、必要としてくれるただ一人の人のところに行くつもりだ。これは最後の手紙と思ってくれと。

そのときまで私はウェインライトとのことを本気で信じているわけではなかったと思う。この書き置きによって、まさかと思っていたことが事実だということがはっきりしたと考えて、私は狂気のように激怒した。そしてシルヴィアの後を追って車を全速力で走らせてバッジワージーに行った。

私が部屋に跳びこんだとき、彼女は晩餐のために着替えをすませたところだった。そのときの彼女の顔がいまも目に浮かぶ——愕然とした美しい顔に——恐怖の色が浮かんでいた。

私はいった。「だれにも渡さないぞ。きみはぼくだけのものだ。だれにも渡しはしない」

私は両手で彼女ののどをつかんで絞めつけて弓なりにのけぞらせた。

そのときとつぜん、私は見たのだ。わたしたち二人の姿を鏡の中に。息を詰らせているシルヴィアの首を、私がなおも絞めつけている姿を。右の耳の下の傷痕がありありと映っていた。

いや私は彼女を殺しはしなかった。とつぜん思いがけぬ事実を見せつけられて私は麻痺したようになり、手を弛めた。彼女は床の上にくずおれた……

私は男泣きに泣いた。シルヴィアは慰めてくれた……やさしく。

私は彼女にすべてを話した。シルヴィアは、彼女を愛し、必要としているただ一人の人というのは兄のアランだといった……その夜わたしたちはお互いの心の奥底まで見た。そしてその瞬間から、二度とふたたび互いに心が遠のくことはなかったと思う……

神の恵みと、そしてあの鏡の幻がなかったら殺人者になっていたかもしれないと考えるとき、私はいつも衿を正さしめられる……

その夜を限りに死んだもの――それは私を長らく苦しめてきた嫉妬の悪魔だ……

しかし私は、おりおりふしぎに思う――私があのとき見間違いをしなかったら――すなわち左の頬に傷がある男だと（じつは右側の傷が鏡の中で左側に見えたのだが）勘違いしなかったら……私はその男がチャールズ・クローリーとあんなにはっきり思いこんだだろうか？　はたしてシルヴィアに警告していたか？――シルヴィアは私と結婚しただろうか――それとも彼女と？

過去と未来は結局はひとつのものなのか？

私は単純な男だ――こうしたことを理解しているというふりはできない――しかし私はたしかに見たのだ。その私の見た幻のゆえに、シルヴィアと私は夫婦となった――古めかしい言葉でいえば死がわれわれを引きはなすまで。そしておそらくは死のかなたまでも……

船上の怪事件
Problem at Sea

「クラパートン大佐だって？」とフォーブズ将軍がききかえした。ばからしいといわんばかりの見くだした口調であった。

ミス・エリー・ヘンダーソンは身を乗りだした。やわらかいグレイの髪が少し乱れて顔の前に吹きつけられていた。ときと場合に応じて火花を散らしそうな黒目に、人のわるい喜びを閃かして彼女はいった。

「いかにも軍人らしい方ですわね！」わざと意地わるく水を向けると、髪の毛を撫でつけておもむろに反応を待った。

「軍人らしいですと！」と案の定、フォーブズ将軍は大きな声を出して、それこそ軍人らしい口髭をひねった。顔が見る見る赤くなっていた。

「近衛連隊にいらしたんじゃありません?」とミス・ヘンダーソンはだめ押しの質問をした。

「近衛連隊ですと? 近衛連隊? ばかばかしい! やっこさん、ミュージック・ホールに出ておったんですよ、ほんとのところ。志願してフランス戦線に行き、おおかた兵《へい》站部《たんぶ》で果物の缶詰の数でも数えていたんでしょう。ドイツ軍の狙いそこねの爆弾の破片で負傷し、肉をちょっとばかしそがれて本国に送還された。そんなこんなで、レディー・カリントンの病院にはいったんです」

「まあ、それがあのご夫婦の馴れそめですの?」

「そう、やっこさんは負傷した英雄というポーズを取りました。あの女はばかだが、どえらい金持だ。前夫のカリントンが軍需産業で儲けたのでね。夫に先だたれてたった六カ月というところだったから、後家さんたちまち丸めこまれたというわけです。レディー・カリントンが、あいつのために陸軍省に口を見つけてやったんです。クラパートン大佐が聞いて呆れますよ!」

「戦争前はミュージック・ホールの舞台にねえ!」とミス・ヘンダーソンは呟いて、りゅうとしたクラパートン大佐と、コミカルな歌を歌っている赤鼻のコメディアンを結びつけてみようとつとめた。

「本当ですよ。バシントン＝フレンチから聞いたんですがね。バシントン＝フレンチはバッジャー・コッタテイルから、バッジャーはまた、スヌークス・パーカーから聞いたということでしたな」

ミス・ヘンダーソンは明るくうなずいた。「だったらたしかですわね」

彼らの近くに坐っていた小柄な男の顔にちらっと微笑が浮かんだ。ミス・ヘンダーソンはそれを見てとった。よく気のつく女だったのだ。その微笑は、彼女の言葉の陰にひそむ皮肉——フォーブズ将軍はそんな皮肉が彼女の言葉にこもっていようとは一瞬たりとも考えなかったろうが——を、この傍観者が感じとっていることを物語っていた。

じっさい、将軍は二人の顔に浮かんでいる微笑にはまったく気づかなかったようで、時計をちらっと見て立ちあがった。「失礼しますよ。船に乗っているととかく運動不足になるのでね」こういうと開いていた戸口からデッキに出て行った。

ミス・ヘンダーソンはいましがた、ちらっと微笑を浮かべた小男を見やった。旅は道づれ、会話をかわしてもわるくはあるまいという意味をこめた、しかし慎みぶかいまなざしであった。

「あちらはなかなか精力的な方ですな」と小男はいった。

「毎日、デッキを四十八回お回りになるんですって。スキャンダル好きのおじいさん！

それなのに世間は、スキャンダルを好むのはもっぱら女だと決めているんですからね」

「何とも失礼な話ですな」

「そこへいくと、フランスの方はいつも礼儀正しくていらっしゃいますわ――」とミス・ヘンダーソンは問いかけるようにいい淀んだ。

小男はすぐ答えた。「ベルギー人です、マドモアゼル」

「まあ、ベルギーのお方ですの」

「エルキュール・ポアロと申します。どうぞ、よろしく」

その名は何かの記憶を呼び起こしたらしかった。たしかにどこかで聞いたことがあるが――？

「この船旅を楽しんでいらっしゃいますの、ポアロさんは？」

「率直にいいまして、楽しんでいるとはいいかねますね。うかうか誘いに乗ってこんなことになって、とんだ愚かしいことをしたと思っているんですよ。もともと海は苦手でして。完全に穏やかだということはありませんからね――たった一分にしろ」

「でもいまはかなり平穏じゃありません？」

ポアロはしぶしぶそれを認めた。「さしあたっては《ア・ス・モマン》ね。それで、少々元気づいたところです。身のまわりで起こることにふたたび興味を覚えはじめ――たとえばあのフォーブズ将軍をたくみにあしらわれたあなたのお手並みなどにもね」

「ではあなたは――」とミス・ヘンダーソンはいいかけて言葉を切った。

エルキュール・ポアロは一礼した。「スキャンダルを引きだす、あなたの水際だった手腕ですよ、まったくお見事なものでした！」

ミス・ヘンダーソンはおおっぴらに笑った。「近衛連隊についてですか？　ああいえばあのおじいさん、やっきになってまくしたてると思いましたのよ」と打ち明けるように身を乗りだし、「おっしゃる通り、わたし、スキャンダルが大好きですの――意地のわるいものほどね！」

ポアロはしげしげと相手を見つめた――ほっそりした体格で、いまなお、なかなかスタイルがよく、活気の溢れた黒い目、グレーの髪、年相応に見えることで満足している四十五歳の女性であった。

エリーは唐突にいった。「わかりましたわ。あなたはあの有名な私立探偵のポアロさんでしょう？」

ポアロは一礼した。「恐れいります、マドモアゼル」しかしよけいな謙遜はしなかった。

「まあ、なんてスリルがあるんでしょう。推理小説の中でよくいうように〝手掛りを追って〟のご旅行ですの？　この船に犯罪者が乗りこんでいるんですか？　こんなことをはっきりいうと具合がわるいんでしょうね？」

「いや、構いませんとも。ただあなたの期待を裏切るのはつらいんですが、私はこの船に乗っておいでのほかのみなさん同様、楽しむためにここにいるんでしてね」

こういった口調が、言葉とはうらはらに憂鬱そうだったので、ミス・ヘンダーソンは笑いだした。

「おやおや！　でも明日はアレキサンドリアに着きますから、下船なさればよろしいわ。エジプトには以前にもいらっしゃったことがおありでして？」

「はじめてです、マドモアゼル」

ミス・ヘンダーソンはちょっと唐突に腰をあげた。

「わたしもデッキ歩きのお仲間いりをしましょうかしら」

ポアロはレディーへの礼儀として起立した。

ミス・ヘンダーソンはちょっと会釈してデッキに去った。

かすかに怪訝そうな表情が一瞬ポアロの目に浮かんだが、やがてかすかな笑いのようなものがその口もとに浮かんだ。ポアロは立ちあがって戸口から首を突きだし、デッキに目を走らせた。ミス・ヘンダーソンは手すりにもたれて背の高い軍人らしい体格の男と話していた。

ポアロの微笑は深まった。亀が甲羅の中に首をひっこめるような、妙に用心ぶかげな様子で彼はふたたび喫煙室にしりぞいた。さしあたっては、彼は喫煙室をひとり占めにしていた。そう長いことひとりではいられまいと思いはしたが。

予想通り、その静けさは長続きしなかった。ミセス・クラパートンが念入りにウェーブしたプラチナ・ブロンドの髪にネットをかけ、マッサージと食餌療法で丹精した体をスマートなスポーツ・スーツに包んで、バーからデッキに出てきたのだった。必要なものがあれば、いつも大枚を投じてきた人間らしく、見るから意志の強固そうな物腰だった。

「ジョン、あなた、どこ？　まあ、おはようございます、ポアロさん――ジョンをお見かけになりませんでして？」

「右舷のデッキにいらっしゃいますよ、マダム。よろしかったら私が――」

ミセス・クラパートンは身振りで彼を止めた。そして、「わたし、ここにちょっと坐っておりますから」と向かい合わせの椅子に女王のようにおうように腰をおろした。遠くから見ると、二十八歳ぐらいかとも見えたが、こうして近くで顔を合わせると、うつくしく化粧した顔や毛抜きで一本一本抜いてととのえた眉にもかかわらず、じっさいの四十九歳という年より老けて、五十五歳くらいには見えた。瞳孔の小さな、薄青いきつそうな目だった。

「昨夜はディナーにお見えにならなくて残念でしたわ。もっとも海はちょっと荒れましたけれど――」

「その通りです」とポアロは感情《ブレシゼマン》をこめていった。

「さいわい、わたしは船はつよいんですの」とミセス・クラパートンはいった。「さいわいと申しましたのはね、心臓が弱いものですから、船酔いが命とりになりかねないと思いまして」

「心臓がお弱いのですか、マダム？」

「ええ、気をつけないといけないそうですわ。あまり疲れすぎないようにしないと。専門医の先生方がみなさん、そうおっしゃいますのよ」ミセス・クラパートンは彼女の健康状態という興味つきない問題――もっぱら彼女にとって――について滔々《とうとう》と述べたてた。「ジョンはかわいそうに、わたしが過労にならないように止めるのに大わらわですのよ。わたしのいう意味、おわかりになるでしょうか、ポアロさん？」

「わかりますとも」

「ジョンはいつもわたしに申しますの。『植物にでもなったつもりで、もっとじっとしていなくてはね、アデリーン』って。でも、わたしにとってはそれはできない相談ですのよ。人生は生きるためのものだと思っておりますから。わたし、戦争中、働きすぎて体をすりへらしましたの。わたしの病院には――お聞きおよびでしょうかしら？――もちろん、看護婦も、婦長もおりますわ。でもわたしが直接に経営万般に当たってまいりましたから」とほっと嘆息した。

「奥さまのヴァイタリティーはじつにすばらしいですな」とポアロは芝居でいえばきっかけの合図を受けたように、少々機械的にいった。

ミセス・クラパートンは少女のような笑い声を立てた。

「みなさん、わたしが若いってびっくりなさいますのよ！　こっけいですわ。だってわたし、じっさいの年の四十三より若く見せようなんて、思ったこともありませんもの」といささか見えすいた口調でいった。「でもたいていの人はわたしのほんとうの年が信じられないようで。『あなたはほんとうに生き生きしていらっしゃるのね、アデリーン』って、みんながいいますのよ。でも、ポアロさん、生きていなかったら人間、どうなってしまうのでしょう？」

「死んでしまいますな」

ミセス・クラパートンは眉をひそめた。気にいらない受け答えであった。この男、わたしの話を冗談にしようとしているんだわ。ミセス・クラパートンは立ちあがって冷ややかにいった。「ジョンを探してきますわ」

戸口を出ようとして、彼女はハンドバッグを落とした。口が開いて中身がぱっと散った。ポアロはこういう際の紳士の礼儀として跳んで行って拾い集めた。口紅、シガレット・ケース、ライター、その他こまごましたものを拾い集めるのに数分を要した。ミセス・クラパートンはていねいに礼をいい、さっそうとデッキに出て行って呼んだ。「ジョン――」

クラパートン大佐はミス・ヘンダーソンとまだ話しこんでいたが、振り向いてすぐ妻の所に歩みよった。そしてそっと保護するように彼女の上に身を屈めた。デッキチェアの位置はこれでいいか？　少し動かした方が……？　その態度はいんぎんで――やさしい心づかいに満ちみちていた。あがめたてまつる夫に甘やかされている妻の図であった。ミス・エリー・ヘンダーソンは何か癇《かん》に障るものでも見ているように水平線を凝視していた。

喫煙室の戸口に立って、ポアロはこの場の様子を眺めていた。

後ろでしゃがれた震え声がいった。

「わしがあの女の亭主だったら、〝ばっさりやる〟がね」

船客中の若い連中によって失敬にも〝あの古手の茶栽培業者〟と呼ばれている老人が足をひきずりながらはいってきたのであった。「ボーイ、ハイボールを」

ポアロはふと身を屈めてノートの端きれを拾った。さっきミセス・クラパートンのハンドバッグから落ちたものだろう、処方箋らしい。ちょっと目を走らせると、成分の中にはジギタリンもはいっている。ポアロはそれをポケットにしまった。後でミセス・クラパートンに返すつもりだった。

「ああ」と年老いた船客はまた言葉を続けた。「まったくいやみな女だ。ああいう女にプーナで会ったことがあるがな。一八八七年のことだ」

「で、その女、だれかにばっさりやられましたか？」とポアロがきいた。

老人は悲しげに頭を振った。

「一年とたたぬうちに旦那の方をいじめ殺したっけ。クラパートンは断固たる態度を取るべきだよ。かみさんの好きにばかりさせているんじゃ、ろくなことはない」

「なにしろ、奥さんが財布の紐を握っていますのでね」とポアロは重々しい口調でいった。

「ハッハ！」と老人は笑った。「あんた、はっきりいうじゃないか。財布の紐か！　こいつはいい!」

二人の少女がこのとき、喫煙室に駆けこんできた。一人はそばかすだらけのまるい顔、黒い長い髪を風になびかせ、もう一人はそばかすは同じだが、縮れた栗色の髪だった。

「救急隊——救急隊の到着!」とキティー・ムーニーがいった。「パムとあたし、クラパートン大佐を救助に行くつもりよ」

「奥さんから救助してあげるのよ」とパメラ・クリーガンもはあはあ喘ぎながらいった。

「クラパートン大佐はすてきな人だわ……」

「だけど奥さんはひどい人よ——何一つ思うようにさせてあげないんですもの」と二人の少女は口を揃えていった。

「それに、奥さんといっしょでないときは、あのヘンダーソンさんがつきまとって離れないし……」

「ヘンダーソンさんはいい人だけれど、でももう年ですもの……」

二人はぱっと駆けだして、くすくす笑いながら息を弾ませて叫んだ。

「救急隊よ、あたしたち——救急隊よ……」

クラパートン大佐の救急隊が、出たとこ勝負の思いつきでなく、はっきりした計画であることはその夜明らかになった。十八歳のパム・クリーガンがエルキュール・ポアロの所にやってきて、そっとささやいたのだ。「あたしたちのすること、よく見ていらっしゃいね、ポアロさん。あたしたち、彼をあの人の鼻の先でさらって、ボート・デッキで月夜の散歩をするつもりよ」

ちょうどその瞬間だった。クラパートン大佐がいったのだ。「ロールス・ロイスはそりゃあ、値段は張りますよ。しかし一台がほとんど一生もちますからね。ぼくの車は――

――」

「あれはわたしの車だと思うけれど、ジョン」とたんにミセス・クラパートンの声がきんきんと響いた。

クラパートン大佐は妻のその無礼さに対して怒りの片鱗すら見せなかった。そうした態度に慣れっこになっていたのか、それとも――

「それとも？」とポアロは沈思した。

「そう、たしかに、あなたの車だったね」とクラパートンは妻に向かってユーモラスに一揖《いちゆう》し、いささかの淀みもなくいいかけていたことをいい終えた。

「あれこそ、本当の紳士の態度だな《ヴォアラ・スコナ・ベル・ル・プッカ・サーイブ》」とポアロは感嘆した。「しかしフォーブズ将軍は、クラパートンは紳士などではないと断言した。さて？」

やがてブリッジをしようという話になり、ミセス・クラパートン、フォーブズ将軍、それにタカのように鋭い目の夫婦がテーブルをかこんだ。ミス・ヘンダーソンは失礼するといって、デッキに出て行った。

「ご主人はいいんですか？」とフォーブズ将軍がためらいがちにきいた。

「ジョンはブリッジはしませんの」とミセス・クラパートンは答えた。「するといいんですのに」

四人はカードをまぜて切った。

パムとキティーがクラパートン大佐に近づいて両側から腕を取った。

「あたしたちといっしょにボート・デッキに行きましょうよ。いい月夜よ」とパムがいった。

「ばかなことを、ジョン！」とミセス・クラパートンがいった。「風邪をひきますよ」

「あたしたちと一緒なら大丈夫よ」とキティーがいった。「あたしたち、あつあつですもの！」

大佐は結局、少女たちと笑いながらデッキに出て行った。

ミセス・クラパートンは初回、〝クラブの2〟と宣言したが、次回はおりたのを、ポアロは見てとっていた。

プロムナード・デッキに出て行くと、ミス・ヘンダーソンが手すりのそばに立っていた。ポアロが隣りに立つと、彼女は待っていたように振り向いた。そしてポアロを見るとがっかりした様子で面《おもて》を伏せた。

二人はしばらくとりとめのない話をした。やがてポアロが黙ると、ミス・ヘンダーソンがいった。「何を考えていらっしゃるんですの？」

「私は自分の英語の知識はどうも生半可だなと考えていたんですよ。ミセス・クラパートンは、『ジョンはブリッジはしませんの』といわれた。ふつうは、『できませんの』というところじゃないでしょうか？」

「ミセス・クラパートンはご主人がブリッジをしないのを、自分に対する侮辱のように受けとっているんでしょうね」とエリーは素っ気なくいった。「あんな人と結婚するなんて、彼もよくよくのばかだわ」

ポアロは闇の中で微笑した。「あの結婚がそれなりに成功だという可能性もあるとは思われませんか？」と控え目な口調できいた。

「あんな女との結婚が？」

ポアロは肩をすくめた。「ひどい女にも献身的な夫はいます。自然の謎というやつですね。あの奥さんが何をいい、何をしようとも、ご主人は腹を立てないようです。それはあなたも認めておいでてでしょう」

ミス・ヘンダーソンが何と答えようかと思案していたとき、喫煙室の窓からミセス・クラパートンの声が聞こえてきた。

「いいえ――もうやめておきますわ。蒸し暑くて。ボート・デッキに行って、少し外の空気を吸ってこようと思いますの」

「おやすみなさい」とミス・ヘンダーソンはいった。「わたし、もうやすみます」そして唐突に立ち去った。

ポアロはラウンジの方にぶらぶらと歩いて行った。ラウンジにいたのはクラパートン大佐と二人の少女だけだった。クラパートン大佐は二人にカードの手品を見せていた。カードさばきの鮮やかさを見てポアロは、ミュージック・ホールの舞台に立ったことがあるという彼の履歴についての将軍の話を思いだしたのだった。

「ブリッジはなさらないが、カードはお好きらしいですな」とポアロがいった。

「ブリッジをやらないのには理由があります」とクラパートン大佐はぱっと魅力的な微笑を見せていった。「一手、お見せしましょう」

クラパートン大佐はてばやくカードを配りはじめた。「どうぞ、ご自分のカードをお取り下さい。さあ、いかがです?」と、キティーの顔に浮かんだ呆気にとられた表情を見て笑った。そして自分のカードを置いた。ほかの者もそうした。キティーはクラブを一揃い、ポアロはハート、パムはダイヤ、そしてクラパートン自身はスペードを揃えてもっていたのであった。

「おわかりですか？　自分のパートナーにも、相手にも、思い通りの札を配ることのできる人間は、楽しみでするゲームには加わらない方がいいでしょうね！　あまり運がついていると、意地のわるいことをいう人間がいないとも限りません」

「まあ！」とキティーが喘ぐようにいった。「どうしてこんなことができるのかしら、ごくふつうの配り方だと思ったのに」

「あまりの早業なんで、つい目が騙されるんですな」とポアロが様子ぶっていった。とたんに大佐の表情が微妙に変わった。

ほんの一瞬だが、大佐はうっかり素顔の自分をのぞかせたことにはっと気づいたようだった。

ポアロは微笑した。完璧な紳士の仮面の下に手品師の顔がのぞいている——そう思ったのだった。

船は翌日の夜明けにアレクサンドリアに着いた。ポアロが朝食をすませてデッキに出ると、二人の少女がすでに上陸の用意をすませてクラパートン大佐と話していた。

「はやく行かなくちゃ」とキティーが促していた。「旅券係の人はじき船をおりてしまうでしょうよ。いっしょにいらっしゃるわよね？　あたしたちだけで上陸しろっていうの？　どんなことがあたしたちの身に起こるかもしれないのよ」

「たしかにあなたたちだけで上陸するのはよくないですね」とクラパートンは微笑しながらいった。「しかしあいにく家内の気分がすぐれないかもしれませんからね」

「お気の毒ね」とパムがいった。「でも、だったら船でゆっくりお休みになればいいんじゃない？」

クラパートン大佐は心をきめかねているらしかった。この若い二人といっしょに船を脱けだしたいという気持がしきりに動いているらしかった。ふとポアロに気づいて彼はいった。

「やあ、ポアロさん――上陸なさるんですか？」

「いいえ、たぶん行きません」

「ぼくは――ぼくは――とにかくちょっとアデリーンにきいてみましょう」とクラパートン大佐は決心したようにいった。

「だったらあたしたちも一緒に行くわ」とパムがいって、ポアロに向かってウインクし、

「奥さまもお誘いできるかもよ」と真面目くさっていった。クラパートン大佐はこの提案を歓迎したようで、いかにもほっとしたような表情を見せた。

「じゃあ、きたまえ、きみたちも、さあ」と彼は軽い口調でいった。そして三人揃ってBデッキの廊下を歩いて行った。

ポアロの船室はクラパートン夫妻のそれの向かい側だったし、どういうことになるのかという好奇心からついて行った。

クラパートン大佐は船室のドアをちょっと落ち着かぬ様子で叩いた。

「アデリーン、起きているかい？」

ミセス・クラパートンの眠そうな声が中から答えた。「うるさいわね——何なの？」

「ジョンだよ。上陸してみないかい？」

「とんでもない！」二の句をつがせぬきんきん声だった。「ゆうべはよく眠れなかったのよ。今日はほとんど一日、ベッドにいるつもりだわ」

パムがすかさずいった。「あら、ミセス・クラパートン、お気の毒ですわ。ご一緒にいらしていただきたいと思ったのに。上陸なさる気、ほんとうにないんですか？」

「ほんとうですよ」いっそう甲高い声が答えた。

大佐はドアのハンドルを回そうとしたが開かなかった。

「何なの、ジョン？　ドアには鍵がかかっているのよ、スチュワードがはいってくるといやですからね」

「ごめん、ちょっとベデカー案内書を取りたいと思って」

「だったらおあいにくさまね」とミセス・クラパートンの不機嫌な声がいった。「わたし、ベッドから出るつもりなんてないの。もうあっちに行ってちょうだい、ジョン。少しはゆっくり休ませて下さいな」

「わかったよ、わかったよ」と大佐はドアからあわてて後じさりした。パムとキティーが両側からその腕にぶらさがった。

「すぐ出かけましょうよ。帽子はかぶっているわね。そりゃそうと、パスポートまで船室っていうんじゃないでしょうね」

「パスポートはポケットにはいっているが――」と大佐がいいかけると、キティーがその腕に自分の腕を絡ませて締めつけた。「ブラヴォー！　さあ、行きましょう」

手すりの上から身を乗りだして、ポアロは三人が船を離れるところを見守った。かたわらではっと息を呑む音を聞いて、見るとミス・ヘンダーソンが立っていた。その目は遠ざかって行く三人に注がれていた。

「あの人たち、上陸しますのね」と無表情な声でミス・ヘンダーソンはいった。

「ええ、あなたもいらっしゃいますか？」

彼女は日除け帽をかぶり、スマートなバッグに靴といういでたちだった。上陸するつもりのように見えたのだが、ほんのちょっとの間を置いて首を振った。

「いいえ、船に残りますわ。手紙をたくさん書かなければなりませんので」

踵を返してミス・ヘンダーソンは立ち去った。朝の恒例のデッキ四十八周を終えてはあはあいいながら、フォーブズ将軍が代わってその手すりの前に立った。「ははん！」遠ざかって行く大佐と二人の少女の姿を見て将軍は叫んだ。「なるほど、そういうわけか！　で奥方はどこに？」

ポアロはミセス・クラパートンが一日中ベッドで過ごすそうだと説明した。

「そんなことには、まずならんでしょう！」と老将軍は心得たようにひょうきんに片目をつぶった。

「昼食のときにはお出ましになるでしょうな。やっこさんが許可なしに船をおりたことが発覚すれば、こりゃ、一悶着ありますよ」

しかし将軍の予言は当たらなかった。ミセス・クラパートンは昼食には姿を見せなかった。大佐と二人の娘は四時に帰船したが、そのときにも依然として現われなかった。

自室にいたポアロは、クラパートン大佐が少し後ろめたげに船室のドアをノックする音を聞いた。ノックが繰り返され、ドアのハンドルをガチャガチャいわせる音が聞こえたあげく、大佐は客室乗務員に声をかけた。

「ちょっときてくれたまえ。返事がないんだが、鍵をもっているかい？」

ポアロはさっとベッドから起きあがって廊下に出た。

ニュースは野火のようにたちまち船中にひろがった。とても信じられぬという、ショックをあらわにした表情で人々は、ミセス・クラパートンがベッドで殺されているのが発見されたというニュースを聞いた——原地人の使うような短剣で心臓を一突きされていた。琥珀の首飾りが床の上に落ちていたそうだと。

噂が噂を呼んだ。その日、乗船を許された首飾り売りが集められ、尋問を受けたらしい。多額の現金が引出しの中から紛失していたともいう。紙幣の使い先がわかったとさ！　いいえ、それはまだですって！　優に一財産の値打ちのある宝石がなくなったんだそうだ。いや、宝石は手つかずだったって。乗務員が捕まって何もかも白状したんですって！

「どれが真相ですの、いったい？」とミス・エリー・ヘンダーソンがポアロを待ち伏せしてきいた。心配そうな青ざめた顔をしていた。

「私などにどうしてわかりましょう？」

「あなただからこそ、ご存じのはずでしょうに」

そんなやりとりがあったのはその夜もふけてからで、たいていの船客は船室に引き取っていた。ミス・ヘンダーソンはポアロを物陰に置かれたデッキチェアの所に引っぱって行った。「さあ、話して下さいな」

ポアロは思いぶかげに相手の顔を眺めた。「なかなか興味深い事件でして」

「たいへん高価な宝石が盗まれたというのは本当ですの？」

ポアロは首を振った。「いえ、宝石は盗まれていませんでした。ただ引出しの中にあった小額の現金がなくなっていましてね」

「今後は船旅もおちおちできないような気がしますわ」とミス・ヘンダーソンはいって身ぶるいした。「昨日、船にやってきたコーヒー色の肌の現地人のだれが殺したか、手掛りはありまして？」

「いや――何もかもいささか――奇妙でしてね」

「どういう意味ですの？」とエリーは鋭い口調できいた。

ポアロは両手をひろげた。「そう《エ・ビアン》――たとえばはっきりしている事実にしてもです、ミセス・クラパートンの死体は発見されたとき、少なくとも死後五時間を経ていた。現金がいくらかなくなっており、ベッドのそばの床に首飾りが落ちていた。ドアには鍵がかかり、しかもその鍵は取り去られていた。窓は——窓です、舷窓《ポート・ホール》窓ではなしに——デッキに通じるものですが、これは開いていた」

「それで？」とミス・ヘンダーソンはじれったそうにいった。

「こうした状況で殺人が行なわれるのは奇妙だとは思われませんか？　乗船を認められた絵葉書売りも、両替商人も、首飾り売りも、警察のよく知っている連中ばかりだったんですし」

「でも、乗務員はたいてい船室の鍵をかけますわ」とエリーは指摘した。

「ええ、こそ泥を防ぐためにね。しかしこれは——殺人事件なんですよ」

「いったい、あなた、何を考えていらっしゃいますの、ポアロさん？」少々息を弾ませているような声だった。

「私はドアに鍵がかかっていたということについて考えているのです」

ミス・ヘンダーソンは首をかしげた。「その点はべつにどうということもないように思いますけれどね。犯人はドアから出て鍵をかけ、犯行があまりはやく発見されないように鍵を抜いて持って行った。なかなか頭がいいじゃありませんの、だって、そのために午後四時までは発見されなかったんですから」

「いやいや、マドモアゼル、私が申しあげようとしている点をおわかりいただいていないようですな。私は犯人がどのようにして船室から出たかということでなく、どうやってはいったかということを問題にしておるのです」

「窓からですわ、もちろん」

「可能性はあります《セ・ポシーブル》。しかしその可能性はうすいでしょうね——それにデッキにはしょっちゅう人が行ったりきたりしていましたし」

「だったらドアからでしょうね」とミス・ヘンダーソンの声音はいらだたしげだった。

「しかしあなたはお忘れです、マドモアゼル、ミセス・クラパートンは大佐がけさ船をおりる前に内側からドアをロックなさっておられたのです。大佐はじっさいにハンドルを回してみた——ですから内側から閉まっていたことはたしかです」

「くだらない。ドアの立てつけがわるかったか——ハンドルをちゃんと回さなかったか、どっちかじゃありませんの？」

「ところが彼の証言だけではありません。じっさいにミセス・クラパートン自身がそういったのを、私たちみんな聞いたんですから」

「私たち？」

「ミス・ムーニー、ミス・クリーガン、クラパートン大佐、それに私です」

エリー・ヘンダーソンはスマートな靴先でコツコツと床を踏み鳴らしただけで、ちょっとの間、何もいわなかった。それから少しいらだった声音でいった。

「で——そこからいったい、どういう推理をなさるんですの？　もしもミセス・クラパートンがドアに鍵をかけたのなら、開けることだってできたわけじゃありません？」

「その通りですよ、まさに」とポアロはにっこり笑顔を向けた。「とすると、どういうことになるか、おわかりでしょう。ミセス・クラパートンはドアを開けて犯人を部屋にいれた。相手が首飾り売りの商人だったら、はたしてそんなことをするでしょうか？」

エリーは異議を唱えた。「だれだか、わからなかったのかもしれませんわ。ノックの音が聞こえたので——起きあがってドアを開けた——そこで犯人が船室に押しいって彼女を殺した」

ポアロは首を振った。「それどころか《オ・コントレール》、ミセス・クラパートンは刺されたとき、ベッドに安らかに横たわっていたのですよ」

ミス・ヘンダーソンはポアロの顔を見つめ、「あなたは何をお考えになっていますの？」とだしぬけにきいた。

ポアロはにっこりした。「そう、被害者は犯人を知っていて自分で部屋の中にいれたように見えませんか……」

「つまり」といった彼女の声は少ししゃがれていた。「犯人は船客の一人だとおっしゃるんですね？」

ポアロはうなずいた。「状況からしてそのようですね」

「では床の上に落ちていた首飾りはカムフラージュだと？」

「その通りです」

「現金がなくなっていたのも？」

「その通り」

ちょっと間を置いてミス・ヘンダーソンはゆっくりいった。「わたし、ミセス・クラパートンのことを、何て不愉快な女だろうと思っていましたわ。この船に乗っている人であの人を好いていた人はじっさいには一人もいないでしょう――でも殺すほどの理由のあった人はいませんでしたわ」

「おそらくご主人を除いてはね」

「まさか、あなたは――」

「クラパートン大佐は奥さんを〝ばっさりやる〟だけの十分な理由があるというのが、この船に乗り組んでいるすべての人の意見です――そう、〝ばっさりやる〟そんな表現が使われましたっけね」

エリー・ヘンダーソンはポアロを見つめて次の言葉を待っていた。

「しかし、私自身は大佐の側にいささかの憤激の兆しも認めませんでした。さらにもっと重要なことですが、大佐にはアリバイがあります。大佐は一日中、あの二人のお嬢さんと一緒で、四時までは帰船しなかった。そしてそのときにはもう、ミセス・クラパートンは死後何時間も経過していたのです」

ふたたび沈黙があった。エリー・ヘンダーソンは低い声でいった。「ではあなたはやはり——船客のだれかが——」

ポアロはうなずいた。

エリー・ヘンダーソンはとつぜん笑いだした——投げやりな、挑戦的な笑い声だった。

「あなたの推論は証明に骨が折れそうですわね、ポアロさん。この船の船客はずいぶん大勢ですもの」

ポアロは一礼した。「お国の著名な推理作家の表現を用いれば、〝ぼくにはぼくなりの方法《メソッド》があるよ、ワトソン〟ですよ」

翌晩の晩餐のときに、船客はそれぞれ自分の皿のわきに、〝八時三十分にメイン・ラウンジにおいでいただきたい〟とタイプされた紙片を見出した。一同が集まったとき、船長がふだんオーケストラが使っている壇の上に立った。

「みなさん、みなさんは昨日起こった悲劇についてすでにご承知でしょう。そして当然、この忌わしい事件の犯人を司直の手に渡すことに協力したいとこぞってお考えと存じます」船長はここで言葉を切って咳払いした。「さいわい、この船にはエルキュール・ポアロさんがいらっしゃいます。こうした——事柄に広汎な経験をおもちの方として、おそらくみなさんもよくお名前をご存じと思います。ついてはポアロさんのいわれることに、注意ぶかく耳を傾けていただきたいと存じます」

ちょうどこのとき、晩餐に顔を出さなかったクラパートン大佐がはいってきて、フォーブズ将軍の隣りに腰をおろした。彼は悲しみに戸惑っている人のように見え——大きな安堵を感じているとはとても思えなかった。たいへん上手な演技であるか、なんとも感じのわるい女だった妻を心から愛していたか、どっちかだろう。

「エルキュール・ポアロさんをご紹介します」と船長はいって壇をおりた。ポアロが代わって登壇した。彼はこっけいなほど自分の重要性をつよく認識している様子で、聴衆に向かってにこにことほほえみかけた。

「みなさん、私の申しあげることに耳をお貸し下さること、まことに恐悦しごくに存じます。船長からお話がありましたように、私はこの種の事柄についてはいくぶん経験がございます。この特別な事件の真相をいかにしてきわめるかということについて、私なりのちょっとした考えをもっているということも事実です」ひょいと合図をすると一人の客室乗務員が出てきて、シーツに包んだ、かさばった奇妙な形のものを彼に渡した。

「これから私のしようとしていますことはみなさんを少々びっくりさせるかもしれません。あの男は変わっている、狂人ではないかとお考えにならないとも限りません、しかし一見狂気の沙汰と見える私の行動のかげには、イギリス人であるみなさんのいわゆる——メソッドがあるのです」

ポアロは一瞬、ミス・ヘンダーソンと目を合わせた。それからおもむろにそのかさばった品物をくるんでいるシーツを取り去りはじめた。

「みなさん、私はだれがミセス・クラパートンを殺したかという真相の重要な証人を、ここでみなさんにおひきあわせしたいと思うのです」

器用な手つきでポアロがシーツをすっかり取り去ると、隠れていたものがあらわとなった——ほとんど等身大の木製の人形で、ビロードの上下に、レースの衿をつけていた。

「さあ、アーサー」とポアロはいった。その音声は微妙に変わっていた——もはや外国訛りはまったく消え——いかにもイギリス人らしい、少しコックニーがかった抑揚だった。「いいかね、話してくれないか、ミセス・クラパートンの死について、何でもいいから知っていることを」

人形の首がちょっと揺れ、下顎が落ちて、ためらいがちにがくがくと動いたと思うと、甲高い女の声がいった。

「何なの、ジョン？　ドアには鍵がかかっているのよ。乗務員がはいってくるといやですからね」

あっという叫び声――椅子がひっくりかえる音――一人の男が立ちはだかり、上体を揺すって、のどもとに手をやり――しゃべろうとしたが……がっくりくずおれた。その体は前のめりにばったり倒れた。

クラパートン大佐であった。

倒れた体の脇からポアロと船医が立ちあがった。

「息を引き取ったようです。心臓麻痺でしょう」と医師がぽっつりいった。

ポアロはうなずいた。「トリックを見やぶられたというショックでしょうな」

フォーブズ将軍の方を振り返って彼はいった。「ミュージック・ホールのステージについてあなたのおっしゃったことが貴重なヒントになったのです。私はふしぎに思いました――そして考えました――考えているうちにはっと気づいたのです。もしも戦争前にクラパートンが腹話術師だったらと。そう考えてみますと、すでに死んだはずのミセス・クラパートンの声が、船室の中から三人の人間の耳に響くということが荒唐無稽でなくなるわけです……」

エリー・ヘンダーソンがポアロのかたわらに立っていた。その目は暗く、いかにも苦しげだった。「あの人の心臓が弱っていることをご存じでしたの？」

「察してはいました……ミセス・クラパートンはご自分の心臓がどうとやらといっていらっしゃいましたが、あの方は病身を売りものにしたがるタイプのご婦人のように見えましたのでね。その後、ジギタリンの成分のつよい薬の処方箋のきれはしを拾いました。ジギタリンは心臓の薬ですが、ミセス・クラパートンの処方箋であるはずはない。ジギタリンを服用していると瞳孔の拡大が見られますが、ミセス・クラパートンの場合はそんな現象は認められなかった――しかしクラパートンの方は、そうした徴候がすぐ見てとれました」

エリーは呟いた。

「それであなたはお考えになったのね――こんな結末に――なるかもしれないと」

「これでよかったのではないでしょうか？　いかがでしょう、マドモアゼル？」とポアロは静かにいった。

ふっと相手の目に涙が溢れるのをポアロは見た。「ご存じだったのね。はじめから…

…わたしがあの人を……でもあの人、わたしのためにやったのではありませんわ……あの娘たちの――あの娘たちの若さが――あの人に自分の隷属状態をつよく感じさせたのですわ。あの人は手遅れにならないうちに自由の身になりたいと思った……ええ、そういういきさつだったのだと思いますわ……いつ……あの人だとお気づきになりましたの？」

「彼の自制は完全すぎましたからね」とポアロはあっさりいった。「妻の仕打ちがどんなにひどくてもまるで、感じないというふうでした。ということはもう慣れっこになって感じないか、それとも――まあ《エ・ビアン》、そんなわけで――私は後のケースだと決めたのです。……その通りでした……それにまた、ことさらに手品師としての腕をひけらかそうと……犯行の前夜のことですが。クラパートンはうっかり自分についての真相を明らかにしてしまったとはっとしたような素振りを示しましたが、クラパートンのような男はたやすく正体を見せないものです。手品師だと人が思っている限り、じつは腹話術師だったのだということは思いつかないでしょうからね」

「では私たちの聞いた声、ミセス・クラパートンの声は？」

「女性乗務員の一人に、あの奥さんにいくぶん似た声の者がいましてね。ステージの裏に隠れてこれこれのことをいってほしいと教えたんです」

「トリックでしたのね——残酷なトリックですわ」とエリーは叫んだ。

「私は殺人はよいこととは思いませんから」とエルキュール・ポアロは答えたのであった。

二度目のゴング
The Second Gong

ジョーン・アシュビーは寝室から出ると、一瞬、自室の前の踊り場にたたずんだ。それからもう一度、部屋にもどろうと半ば向き直りかけたとき、まるで足もとで爆発するようにゴングの音が鳴り響いた。

とたんに、ジョーンはほとんど走らんばかりに急いで歩きだした。あまりあわてていたので、大きな階段の降り口で、反対側からやってきた青年とほとんど衝突しそうになった。

「やあ、ジョーン、何をそうあわてふためいているんだい？」

「ごめんなさい、ハリー、あなたに気がつかなくて」

「らしいね」とハリー・デールハウスはぼっそりいった。「それにしても、何だって、そう急いでいるんだい？」

「ゴングが鳴ったわ」

「知っているよ。だがまだ最初のゴングだよ」

「いいえ、二度目よ」

「最初のだよ」

「二度目のですってば」

こんなふうにいい争いながら、二人は階段をホールへとおりた。ホールでは執事がゴングを鳴らすためのスティックを釘に掛けて、二人の方へ威厳のある重々しい足どりで近づいてきた。

「二度目のゴングだわ」とジョーンはいいはった。「わかっているのよ。第一、時計をごらんなさいよ」

ハリー・デールハウスは大時計をちらっと見あげた。

「八時十二分だ。ジョーン、きみのいう通りらしいね。しかし、最初のゴングはぼくには聞こえなかったな。ディグビー」と執事に、「いまのは最初のゴングかい？　それとも二度目のかな？」

「最初のでございます」

「八時十二分過ぎなのに？　ディグビー、こりゃ、だれかの首がとぶぜ」

かすかな笑いが、執事の顔に漂った。

「晩餐は、今夜は十分遅れてお出しすることになっております。旦那さまのご命令でして」

「信じられないね！」とハリーは叫んだ。「たまげたな！　ふしぎなこともあればあるものだ。いったい、伯父貴、どうしたんだろう？」

「七時の列車が三十分遅れておりますので。それに――」と執事は急に言葉を切った。ピシリと鞭を鳴らすような音が聞こえたのである。

「いったいぜんたい――いまのは何かね？」とハリーはいった。「まるで銃声のようだったが」

浅黒い顔のハンサムな、三十五歳ばかりの男が左手の客間から出てきた。

「いまの音は何です？　銃声そっくりだったが」

「車のバックファイアでございましょう」と執事が答えた。「こちら側は道路にかなり近うございますし。それに二階の窓がすっかり開いておりますから」

「そうかもしれないけれど」とジョーンが納得できないといった口調で呟いた。「でも道路なら、あっちでしょう？」と右の方に手を振った。「いまの音は、こっちから聞こえたようだったわ」と左手を指さした。

浅黒い顔の男は首を振った。

「私はそうは思いませんでしたね。客間にいたんですが。こっちの方から音が聞こえたと思って出てきたんですよ」と前方のゴングの方、つまり玄関の方に首を振った。

「東、西、また南か！」とハリーが冗談めかしていった。「じゃあ、ぼくは北といこう、キーン。ぼくは後ろの方で聞こえたと思ったんだよ。さてこりゃ、どういうことだろう？」

「そう、殺人事件という可能性はいつだってありますね」とジョフリー・キーンは微笑して答えた。「これはどうも失礼、ミス・アシュビー」

「ちょっとぞっとしただけよ。どうってこと、ありませんわ。何かがあたしのお墓の上を歩いているって、あれよ」

「こいつはいいや——殺人事件とはね」とハリーがいった。「だが、残念ながら、呻き声も聞こえず、血も流れ出さない。密猟者がウサギを射ったってところじゃないかな」

「するととんだ拍子抜けだな。だがまあ、そんなところでしょう」とキーンが同意した。

「それにしてもひどく近く聞こえましたね。とにかく客間に行きましょう」

「よかったわ、遅れなくて」とジョーンがつくづくいった。「二度目のゴングだと思って、それこそ、ノウサギみたいに階段を駆けおりたのよ」

笑いながら一同は大きな客間にはいった。

リッチャム・クローズ荘は、イングランドでももっとも有名な古い屋敷の一つであった。その所有者ヒューバート・リッチャム・ロシュはえんえんと続いてきた家系の最後の人物で、遠縁の者はときおり、「ヒューバート老か。はやいとこ、精神科医の証明をもらって入院させた方がいいんじゃないかな。気の毒に、すっかり狂っちまっているよ」といいあった。

こうしたおり、友人とか、縁者のいうことには、とかく誇張がありがちだが、リッチャム・ロシュ氏の場合、まんざらおおげさといえないものがあったのも事実だった。ヒューバート・リッチャム・ロシュはたしかに変わり者だった。かなりの音楽の才があったが、たいへんな癇癪もちで、自分自身の偉大さ重要さをほとんど常軌を逸するほど強く意識していた。この屋敷に滞在する客にとって彼の性癖を顧慮することは至上命令で、さもないと二度と招いてもらえなかった。

彼が重きを置いているものの一つに、自分の演奏があった。客のために彼はよくピアノを弾いたが、その間、聞き手は完全に静粛を守って傾聴することを要求された。聞き手がささやきかわしたり、衣ずれの音をさせたり、いや、ちょっと身じろぎしてさえ、彼は恐ろしいしかめ面《つら》でくるっと向き直る。それっきり、その不幸な人間は二度と招かれなくなるのであった。

もう一つの鉄則は、晩餐にはぜったいに遅れてはならないということだった。朝食についてはどうということはない――そうしたければ正午におりてきても差し支えない。昼食も同じで、冷肉と果物の煮たものぐらいが供された。しかし晩餐は儀式めいた、饗宴といって然るべきもので、当主が莫大な給料を約束することによって高級ホテルから引き抜いた、超一流のコックのととのえたものだった。

八時五分に最初のゴングが鳴る。八時十五分に二度目のゴングが聞こえる。と時を移さず、食堂のドアがぱっと開かれ、集まった客は、「お食事でございます」という執事の宣言のもとに、粛々と食堂に繰りこむのだった。何人であれ、二回目のゴングに間に合わなかった不心得者は、以後この王国から追放され、リッチャム・クローズ荘から永久に閉めだされてしまうのである。

というわけでジョーン・アシュビーは晩餐に遅れたと思って気を揉んだのであり、ハリー・デールハウスは、この神聖な儀式が今夜はとくに十分遅らされると聞いてびっくり仰天したのであった。伯父とはとくに親密というわけでもなかったが、ハリーは何度もこの屋敷を訪れており、晩餐が遅らされるのがいかに珍しいことか、よくよく承知していたのである。

リッチャム・ロシュの秘書のジョフリー・キーンもひどく驚いていた。

「まったくふしぎですね。こんなことは聞いたことがありません。たしかですか？」

「ディグビーはそういったがね」

「列車がどうとかっていっていましたわ」とジョーン・アシュビーがいった。

「奇妙ですね」とキーンが考えこんだ様子でいった。「まあ、理由はいずれわかるでしょうが。それにしても妙だな」

ジョフリー・キーンも、ハリー・デールハウスもちょっとの間ジョーンを見つめていた。ジョーン・アシュビーはとてもかわいらしい娘で、青い目に金髪、いたずらっぽい表情で人を見やる癖があった。リッチャム・クローズ荘を訪れたのはこれがはじめてで、ハリーが伯父に頼んでそのように計らったのだった。

ドアが開いて、リッチャム・ロシュの養女のダイアナ・クリーヴズが客間にはいってきた。

ダイアナの物腰には一種投げやりな優雅さがあった。黒い目と人をばかにしたような口ぶりに、魔女めいた魅力が感じられた。ほとんどすべての男性が彼女の虜となった。そして彼女自身は自分の征服を楽しんでいた。心は暖かいのに、うわべはまったく冷たい感じをあたえるところが、いっそう人の心をひく、ふしぎな魅力をもつ娘であった。

「今日はあたし、おやじさんより一足はやかったみたいね。彼氏、ここ何週間も真っ先に到着して、時計を見ながら行ったりきたり、餌どきの虎みたいに歩きまわっていたけれど」

ハリーとジョフリーがその腕を取ろうと同時に跳びだした。ダイアナは二人に婉然とほほえみかけ――それからハリーと腕を組んだ。すごすごとひきさがったジョフリー・キーンの浅黒い頰は燃えていた。

ジョフリーはしかし、一瞬後ミセス・リッチャム・ロシュがはいってきたときには、すでに気を取り直していた。この夫人は心ここにあらずといった物腰の、背の高い黒髪の女性だった。緑色っぽい裾長の服を着ていた。連れだっていたのは中年の鷲鼻の男で、意志の強そうな顎をしていた――グレゴリー・バーリングといって財界ではちょっとした名士で、母方は家柄もよく、ここ数年、ヒューバート・リッチャム・ロシュと親しい間柄だった。

ゴングがゴーン！　と鳴り轟いた。その余韻が消えたとき、ドアがぱっと開き、ディグビーがいった。

「お食事の用意ができました」

次の瞬間、はなはだよく訓練された執事の彼としては珍しく、驚愕の表情が無感動な顔に走った。この家の主がきていない。こんなことはついぞ記憶になかったのだ。ディグビー同様、みんなが見るから呆然としていた。ミセス・リッチャム・ロシュがあやふやな笑い声を立てた。

「ふしぎですわね。ほんとに——どうしたことでしょう？」

だれもが度を失っていた。リッチャム・クローズ荘の伝統そのものがくつがえされたのだ。いったい、何が起こったのか？　一同は押し黙って、緊張のうちに何かを待っているようだった。

しばらくしてドアがもう一度開いた。ほっとしたような溜息が聞こえたが、この事態にどう対処したものかというかすかな危惧の念がまつわっていた。当主自らがきびしい家訓を破ったという事実を強調するようなことをいってはならない——だれもがそう考えていた。

ところがはいってきたのはリッチャム・ロシュではなかった。大柄の、顎髭を生やした、ヴァイキングの後裔のような彼の代わりに、その細長い客間にはいってきたのは小柄な、外国人らしい男で、卵形の頭、ぴんとそりを打った口髭、一点のしみ、一分の隙もないタキシードというでたちだった。

新来の客はきらりと目をきらめかして、ミセス・ロシュに近づいた。

「まことにもって失礼いたしました。数分遅れたようですな」

「まあ、いいえ！」とミセス・リッチャム・ロシュは曖昧な口調でいった。「そんなこと、ございません。あの――」といいさして言葉を切った。

「ポアロと申します、マダム。エルキュール・ポアロです」

後ろでかすかに、「あら――」という、いや、言葉というより、はっと息を呑むような音が響くのを、ポアロは聞いた――女性の声だった。エルキュール・ポアロの名声を知っているのだろうと彼は少々いい気持になった。

「私がこちらにうかがうことはご承知でしたんでしょうね？」と彼は低い声で呟いた。

「そうじゃありませんか、マダム？　ご主人からお聞き及びでしたでしょう？」

「はあ――そうですわね」とミセス・リッチャム・ロシュはどっちともつかぬ曖昧ないいかたをした。「たぶん、そうだと思います。あの――わたし、とても世事にうとくて、ポアロさん。聞いたことを覚えていたためしがないんですの。でもさいわい、ディグビーが万事心得ておりますから」

「列車が遅れましたようで」とポアロはいった。「途中で事故がありまして」

「ああ、それで晩餐が遅らされたんですのね」とジョーンが叫んだ。

ポアロはすばやく彼女に目を向けた——奇妙なほど鋭い視線だった。

「たいへん珍しいことだったというわけですね。そうでしょう？」

「わたし、あの——いったい、どうして——」とミセス・リッチャム・ロシュはいいかけて言葉を切った。「あの——つまり」とどぎまぎした様子で続けた。「とにかくとても奇妙ですわ。ヒューバートは一度だって——」

ポアロはすばやく一同を見まわした。

「リッチャム・ロシュ氏がまだお出ましでないのですね？」

「ええ——とても妙ですわ」と訴えるように夫人はジョフリー・キーンを見やった。

「リッチャム・ロシュ氏は時間については正確そのものでして」とキーンは説明した。「晩餐に遅れたことはめったに——いや、ついぞないと思います」

外来者にはこの場の様子はいささかこっけいに思われただろう——居並ぶ心配そうな顔。その顔に一様に表われている愕然たる表情。

「こうしましょう」とミセス・リッチャム・ロシュが難問に直面して、やっと解決策を見出したかのような様子でいった。「ディグビーを呼びますわ」そして呼鈴を鳴らした。

執事はすぐやってきた。

「ディグビー」とミセス・リッチャム・ロシュはいった。「旦那さまのことだけれど、あの——」

これは癖らしく、ミセス・リッチャム・ロシュは中途で言葉を切った。執事も心得たもので、すぐ答えた。

「リッチャム・ロシュさまは八時五分前におりてこられまして、お書斎におはいりになりました。奥さま」

「まあ——ではあの——ゴングが聞こえなかったと——」

「それはお聞きになったと存じます。あの通り、書斎の戸口のそばにございますのですから」

「ええ、そうね、もちろん」とミセス・リッチャム・ロシュはますます曖昧な語調になっていた。

「お知らせしてまいりましょうか、奥さま、晩餐の支度がととのいましたと——」

「ええ、ありがとう、ディグビー、そうね——ええ——たぶん——」

「ほんとうに、ディグビーがいませんでしたら、どうしておりますことか」ディグビーが引きさがったとき、ミセス・リッチャム・ロシュは呟いた。

ちょっと間があった。

ディグビーがふたたび部屋にもどってきた。慎みぶかいのが身上の執事としては少々度はずれてはあはあ喘いでいた。

「おそれいりますが、奥さま——お書斎のドアに鍵がかかっておりまして」

事態を収拾すべくポアロが乗りだしたのはこのときであった。

「どうやら書斎に行ってみた方がよさそうですな」

ポアロが先に立ち、一同がその後に続いた。この場の指揮を彼が取るのはしごく自然なことのように思われた。彼はもはや、少々こっけいな客ではなかった。ひとかどの人物、この場を取りしきるだけの貫禄を備えた人物であった。

一同の先頭に立ってホールに行くと、階段と大時計の前を過ぎ、ゴングが掛かっている壁のくぼみの前を彼は通った。くぼみのちょうど真向かいにぴたりと閉まったドアがあった。

ポアロはドアをノックした。はじめはそっと、しだいにつよく。しかし応答はなかった。機敏な身ごなしで、ポアロは膝をつき、鍵穴を片目でのぞいた。それから立ちあがってまわりを見まわした。

「みなさん、このドアを破らなければなりません。それもすぐにです!」

それまでと同様、だれも彼の権威を問わなかった。ジョフリー・キーンとグレゴリー・バーリングが一同の中では一番がっしりした体格であった。ポアロの指揮のもとに二人はドアに体当たりした。といっても、ドアを破るのはそう容易なことではなかった。リッチャム・クローズ荘のドアはいずれも現代風の安普請とは違ってはなはだがっちりできており、体当たりに対して頑強に抵抗したが、二人が力を合わせてぶつかっているうちに、ようやくめりめりと音を立てて板が内側に折れた。

一同は戸口で足を止めた。彼らはそこに、ひそかに予期し、危惧していた光景を見た。正面に窓があり、左手の、ドアと窓の間に大きな書き物机がある。テーブルに向かってではなく横を向いて、一人の男——大柄な体格の男が椅子に坐ったまま前のめりに身を伏せていた。背中をこちらに向け、顔を窓の方に向けて、しかもその姿勢がすべてを雄弁にものがたっていた。右手は力なく垂れ、その下の絨毯の上に小さなピストルがきらりと光っていた。

ポアロがグレゴリー・バーリングに向かって鋭い口調でいった。

「ミセス・リッチャム・ロシュをあちらにお連れして下さい——お二人のお嬢さんも」

グレゴリー・バーリングはわかったというようにうなずき、片手をこの家の主婦の腕にかけた。彼女は身を震わせて、「自殺したんですのね」と呟くようにいった。「何て恐ろしい！」もう一度身を震わせると、彼女は導かれるままに部屋を出た。ダイアナとジョーンが後に従った。

ポアロは部屋の中にはいった。二人の青年がすぐ続いた。

ポアロは死体のかたわらに跪《ひざまず》き、少しさがるよう、二人に合図した。

頭の右側に銃弾のあけた傷があった。弾丸は反対側から出て、左手の壁にかかっている鏡にぶつかったらしかった。鏡がめちゃめちゃに砕けていた。書き物机の上には一枚の便箋があり、ただ一言〝ゆるしてくれ〟とたゆたったような震える手蹟で書かれていた。

ポアロはふたたびドアを見返った。

「鍵が鍵穴にさしこまれていませんが、はて——」

片手がするりと死者のポケットの中にさしこまれた。

「ありました。この部屋のものらしい。すみませんが試してみて下さいますか？」

ジョフリー・キーンが受けとって鍵穴にさしこんだ。

「そうです。この部屋の鍵です」

「で、窓は？」

ハリー・デールハウスがつかつかと歩みよった。

「閉まっています」

「失礼しますよ——」ポアロはさっと立ちあがって、窓辺に行った。細長いフランス窓であった。ポアロはそれを開けてみて、すぐ前の芝生の上をしげしげと見てからまた閉ざした。

「みなさん」と彼はいった。「警察に電話しなければなりません。警察がきて、ほんとうに自殺だと納得するまでは何も動かしてはいけません。死亡時間はせいぜい十五分前だと思われます」

「そうです」とハリーがしゃがれ声でいった。

「どういうことです？《コマン》 いま、何とおっしゃいました？」「銃声が聞こえました」

ハリーはジョフリー・キーンにところどころ補ってもらって、彼らの聞いた音について説明した。彼が話し終わったとき、バーリングがふたたび姿を現わした。

ポアロはさっきいったことを繰り返した。キーンが電話をかけに行っている間、ポアロはバーリングに、二、三分お話ししたいのだがといった。

二人は小さな朝食堂に行った。ディグビーが書斎のドアの所で張り番をし、ハリーは婦人たちを探しに行った。

「あなたはリッチャム・ロシュ氏の親しいお友だちだそうで」とポアロはまずいった。「それでまずあなたからうかがいたいと思ったのです。エチケットの上からは当然マダムにまずお目にかかるところですが、現在はそれは時宜を得ないと思われますので」

ポアロはちょっと言葉を切った。

「私は少々微妙な立場に立っております。はっきり申しあげましょう。私は私立探偵を職業としているものです」

相手の実業家はちょっと微笑した。

「それはうかがうまでもありません、ポアロさん。あなたのご名声は広く知られています」

「痛みいります、ムッシュー」ポアロは一礼した。「では続けましょう。じつは私のロンドンの住まいの方に、リッチャム・ロシュ氏から一通の手紙が届いたのです。その中で氏は、かなりの額の金が横領されていると考える理由がある。内輪のことなので――そう書いてありました――警察沙汰にしたくない。リッチャム・クローズ荘を訪ねて調べてもらえないだろうかと。私はその申し出を承諾してこちらにうかがったわけなのです。リッチャム・ロシュ氏のご希望のように時を移さずというわけにはまいりませんでした――ほかにもいろいろと用事がありますし、リッチャム・ロシュ氏といえど、イギリス国王というわけではないのですから――ロシュ氏ご自身はどうもそうお考えのようでしたが」

バーリングは苦笑した。

「そう、そんなふうに考えていましたな」

「まったく。ああ、あなたはよくおわかりですね——リッチャム・ロシュ氏の手紙は明らかに、差し出し人がひどく風変わりな人物だということを物語っていましたよ。狂ってはいないが、精神の平衡を欠いていると。そういえるのではありませんか？」

「いましがた、彼の行なったことからも、それは明らかでしょうね」

「いや、ムッシュー、自殺は必ずしも精神の平衡を欠いた者の行為とは限りません。検死陪審はそのようにいいますが、それは残された者の気持を思いやってのことです」

「ヒューバートはノーマルな人間ではありませんでした」とバーリングはきっぱりいった。「抑えようのない激怒に駆られがちで、一家の誇りにかかわる問題についてはとくに偏執的でした。いろいろな意味で変人でしたね。しかしそれでいてなかなか抜け目のない男でしたよ」

「たしかに。彼の金を私用にあてている者があることに気づくだけ、慧眼でしたね」

「人間、横領されているからといって自殺をするでしょうか？」

「おっしゃる通りです、ムッシュー。そんなことはまずありえません。それでこの私が急遽呼ばれた用件ですが——手紙の中で氏は内輪のことだからというかいかたをしておられました。ついては、ムッシュー、あなたは世慣れた方です——人が自殺をするのはしばしばまさにその理由――つまり内輪の理由によるということはご存じでしょうと思います」

「ということは――？」

「つまり――表面的には――リッチャム・ロシュさんは、お気の毒にも何か新しい不幸な発見をなさり――そのことに直面するに堪えられなかったというふうに見えます。しかしおわかりと思いますが、私には義務があります。すでに雇われ――委嘱されているのです。私は仕事を引き受けました。この〝内輪の〟理由を、亡くなられたリッチャム・ロシュ氏は警察沙汰にしたいとは思われなかった。ですから私も急いで行動しなければなりません。ぜひとも真実を知らなければならないのです」

「で、その真実を――ご承知になったら？」

「そのときは――慎重に行動します。できるだけのことをいたさねばと思っております」

「なるほど」バーリングは一、二分、黙って煙草をくゆらしていたが、やがていった。「それにしても、私にはどうもお手伝いできそうにありませんね。ヒューバートは、私には何も打ち明けていません。私は何も知らないのです」

「ですが、ムッシュー、故人の金を横領する機会があったのはだれだと、あなたならお考えになりますか？」

「何ともいえませんね。地所の管理人がいますから当たってごらんになっては。つい最近雇われたばかりです」

「管理人？」

「ええ、マーシャルといいます。マーシャル大尉です。なかなか感じのいい男で、戦争で片腕をなくしています。一年前にここにきたのですが、ヒューバートは彼に好感をもっていたようです。信用もしていました」

「マーシャル大尉が背任行為をしていたのだったら、〝内輪〟のことだからとくに断わる理由はありますまい」

「そりゃ――そうですね」

その語調にあらわれた躊躇に、ポアロは気づかずにはいなかった。

「おっしゃって下さい、ムッシュー、どうか、はっきり。お願いします」

「ほんの噂にすぎないのかもしれませんから」

「それでもどうか」

「よろしい。申しましょう。さっき客間にたいへん魅力的な女性がいたのに気づいておられましたか？」

「魅力的な若いご婦人がお二人おられたのに気づきましたが」

「ああ、一人はミス・アシュビーですね。かわいらしい人です。この邸へは初めてで、ハリー・デールハウスがここの奥さんに頼みこんで招いてもらったのでしょう。いえ、私のいうのはブルーネットの——ダイアナ・クリーヴズです」

「ええ、気づきましたよ。男なら、だれだって気づかずにはいますまい」

「何とも癪にさわる女です」とバーリングは吐きだすようにいった。「ここ二十マイル四方のあらゆる男を手玉に取り——あの調子では彼女こそ、そのうち、だれかに殺されるんじゃないですかな」

こういってバーリングはハンカチーフで額を拭いた。ポアロが興味深げにその様子を眺めていることには、まったく気づかぬ様子で。

「で、あのご婦人は——」

「リッチャム・ロシュの養女です。リッチャム・ロシュは奥さんとの間に子どもが生まれなかったことをたいへん残念に思っていました。それでダイアナ・クリーヴズを養女にしたのです——もともと遠縁のいとこか何かに当たるのだと思います。ヒューバートはダイアナを溺愛していました。あがめていたといっていいくらいです」

「ではむろん、彼女が結婚することを嫌っておられたのでしょうな？」

「まあ、相手としてふさわしい人物と結婚するのならとにかく」

「ということはつまりあなたのような――でしょうね？」

バーリングはほっとした様子で顔を赤くした。

「私は何も――」

「いえいえ《メ・ノンメ・ノン》！　あなたは何もおっしゃいませんでした。しかし、そうだったのでしょう？」

「私は彼女を恋しました――たしかに。リッチャム・ロシュは喜んでくれました。ダイアナの将来について、彼が考えていることと合致したからです」

「で、マドモアゼルご自身は？」

「申しあげた通り、彼女は人をやりきれないほどじらします――まるで小悪魔ですよ」

「なるほど。何をもって愉快と考えるか、人それぞれですからね。しかしマーシャル大尉は？　大尉の役回りはどういったものです？」

「そう、彼女とちょいちょい会っているようです。噂にもなっています。べつにどうこういうのではありません。この場合も単に彼女の征服欲の表われにすぎないのでしょう」

ポアロはうなずいた。

「しかしもし何か真剣なものがあったとしたら——その場合は、リッチャム・ロシュ氏が横領の件について慎重に調査を進めてほしいとお思いになったというのもうなずけるかもしれませんね」

「おわかりと思いますが、マーシャルが背任行為をしていたと疑う理由はまったくありません」

「ああ、ごもっとも《パルフェトマン》、ごもっとも《パルフェトマン》！　小切手が偽造され、一家内のだれかが何らかこれに関わっていたというだけかもしれません。さて、デールハウス氏という若い方——あれはどういう青年です？」

「当主の甥です」

「財産を相続するんですね？」

「妹の息子です。もちろん、家名はつぐかもしれません。リッチャム・ロシュを名乗る人間はほかには残っていないわけですから」

「なるほど」

「この地所についてはじっさいのところ、限嗣不動産権が設定されているわけではありません。昔から父子相伝ではありましたが、リッチャム・ロシュは夫人の存命中は彼女がここを使えるようにしておき、その上で、ダイアナに（彼自身が賛成する男と彼女が結婚していればですが）遺す――私はそう思っていました。夫が家名をつぐかもしれないわけですから」

「わかりました。ご親切にいろいろとお教えいただいて感謝にたえません、ムッシュー。もう一つだけ頼まれていただきたいのですが――マダム・リッチャム・ロシュに、私があなたに申しあげたことをご説明下さり、一分ほど会っていただきたいのだがとおっしゃっていただけませんでしょうか？」

予期したより早く、ドアが開き、ミセス・リッチャム・ロシュが歩くというより、漂うような物腰で椅子に近づいた。

「バーリングさんがすっかり説明して下さいました。スキャンダルはもちろん困ります。もっともわたし、すべては運命だと思っていますけれど――そうじゃありません？ あの鏡のことや、何もかも」

「どういうことです《コマン》？ 鏡ですって？」

「あれを見たとたんに――象徴のように思えましたの。もちろん、ヒューバートの！ 呪いですわ。旧家にはそういう呪いがよくあるんじゃありません？ ヒューバートはもともと変わった人でした。最近はとくに」

「失礼ですが、マダム、あなたは何らかの意味でお金に困っていらしたのではありませんでしょうね？」

「お金ですって？　お金のことなんか、わたし、考えたこともありませんわ」

「こういう諺《ことわざ》をご存じでしょうか、マダム？　お金のことを考えない人こそ、それを大いに必要としている」

こういってポアロは慎みぶかい笑い声を立ててみた。ミセス・リッチャム・ロシュは答えなかった。はるか遠くのものに目を放っているかのようだった。

「どうもありがとうございました。マダム」

夫人とのインタヴューは終わった。

ポアロが呼鈴を鳴らすと、ディグビーが現われた。

「二、三、質問に答えてもらいたいのだが」とポアロはいった。

「私はきみのご主人がなくなる前に呼びよせられた私立探偵なのだ」

「探偵でございますって！」と執事は喘ぐようにいった。「どうしてまた？」

「すまないが私の質問に答えてくれたまえ。まずピストルの音のことだが——」

執事の話に、ポアロはじっと耳を傾けた。

「ホールにいたのはきみら四人だね？」

「はい。デールハウスさまとアシュビーさまがおられました。そこへキーンさんが客間から出てこられまして」

「ではほかの連中は？」

「ほかの方々と申しますと？」

「そう、ミセス・リッチャム・ロシュ、ミス・クリーヴズ、それにバーリングさんだ」

「奥さまとバーリングさまは少し後でおりておいででした」

「ミス・クリーヴズは？」

「ミス・クリーヴズは客間から出ておいでになったと思います」

ポアロはさらに二、三質問をして、ミス・クリーヴズにおいで下さるように伝えてくれといって執事を帰した。

彼女はすぐやってきた。ポアロはバーリングから聞いたことを思いかえしつつ、注意ぶかく観察した。肩にバラの蕾をつけた白いサテンの服を着ている彼女はたしかに美しかった。

ポアロは自分がリッチャム・クローズ荘を訪れるにいたった事情を説明しながら相手をしげしげと眺めたが、心から驚いたらしく意外そうな表情を見せたほかは、とくにどぎまぎすることもなかった。マーシャルについてはまずまず好意を示し、しかし大して気もなさそうに話した。バーリングの名が出たときはじめて、いくぶん勢いづいた語調になった。

「あの人、とんだ食わせ者よ」と鋭い声音で彼女はいった。「おやじさんにもそういったんですけど、耳にもいれずに、あの人のろくでもない事業に性こりもなく資金をつぎこむんですもの」

「あなたは――お父上が亡くなられたことを悲しくお思いになっておいでですか？」

ダイアナはびっくりしたようにポアロを見つめた。

「もちろんですわ。ごらんの通り、あたしは現代風で、悲しみの涙に暮れたりなんかしませんけれど。でもそれなりにおやじさんは好きでしたもの。もちろん、おやじさんにとってはこれが一番よかったんでしょうけどね」

「一番よかった？」

「ええ、いずれは精神病院にいれなければならなくなったでしょうから。近ごろますますひどくなっていましたのよ――リッチャム・ロシュ家最後の人間、つまり彼自身は全能だという妄想が」

ポアロは考えこんだ様子でうなずいた。

「なるほど、なるほど――たしかに精神錯乱の徴候がはっきりしていますな、ところで、この小さなバッグの中を見せていただけますか。たいへん、かわいらしいですね、この絹のバラの蕾は。おや、何のことを話していたんでしたっけ？　そうそう、あなたも銃声をお聞きになったのですか？」

「ええ、聞きましたわ。でも車の音か、密猟者か何かだと思っていましたの」

「そのときは客間にいらしたんですね？」

「いいえ、庭に出ていましたわ」

「そうですか。いや、ありがとうございます、マドモアゼル。次は、キーンさんにお目にかかりたいんですが」

「ジョフリーですか？　すぐくるように言いましょう」

キーンはきびきびした態度で興味ありげに部屋にはいってきた。

「バーリングさんが、あなたがここにこられた理由を教えて下さいました。私としてはべつに何も申しあげられることはありませんが、もしも——」

ポアロが遮った。「私はただ一つのことを知りたいのです、キーンさん。さきほど書斎のドアの所に近よる前に、あなたが拾われたものは何ですか？」

「いや——」キーンは椅子から半ば跳び立ちかけて、すぐまた腰を落とした。「何のことか、ぼくにはわかりませんが」

「いや、よくおわかりのはずです、ムッシュー。あなたは私のすぐ後ろにいらした。しかし私の友だちに、私には背中に目がついているのだといった男がいます。あなたは何かを拾いあげて、上着の右のポケットにおしまいになった」

ちょっと間があった。キーンのハンサムな顔にはためらいの色があった。しかしついに心を決めていった。

「まあ、よりどり見どりというわけですよ、ポアロさん」それからちょっと上半身を傾けてポケットをひっくりかえした。煙草入れ、ハンカチーフ、小さな絹製のバラの蕾、それに小さな金製のマッチ箱が出てきた。

ちょっと沈黙していた後、キーンは口を開いた。「じつはこのマッチ箱を拾ったんです。少し前に落ちたらしくて」

「それではありますまい？」

「どういうことです？」

「つまりです。私は整理好きの、秩序を重んずる人間です。マッチ箱ならすぐ見つけて拾うでしょう――この大きさのものなら、必ず気がつきます。いいえ、ムッシュー、もっとずっと小さなものだったと思いますよ――たぶんこのぐらいの大きさの」

ポアロはバラの蕾を取りあげた。

「ミス・クリーヴズのハンドバッグについていたものですね？」

ちょっと間があって、キーンは快活に笑って認めた。

「ええ、その通りです。ゆうべ――あの人にもらったんです」

「なるほど」とポアロがいったとき、ドアが開いて背の高い金髪の、背広姿の男が大股に部屋にはいってきた。

「キーン、どういうことだ、これは？　リッチャム・ロシュが自殺したって？　とても信じられないね。そんなことはありえないよ」

「紹介させてくれたまえ」とキーンがいった。「こちらはエルキュール・ポアロさんだ」新来の男は驚いたように見つめた。「ポアロさんが事情を話して下さるだろう」こういうとキーンはドアをバタンと閉めて立ち去った。

「ポアロさんですか！」とジョン・マーシャルはひどく熱心にいった。「お目にかかれて、こんなうれしいことはありません。あなたがここにこられたとはまったくぼくは運がいい。リッチャム・ロシュはあなたがこられるということについては一言もぼくに話してくれませんでした。ぼくはあなたのたいへんなファンなんですよ」

魅力のある青年だ――とポアロは思った――いや、もうそう若くはないのかもしれない――こめかみに白髪が見えるし、額にはしわもある。しかし声と態度が少年のように若々しい印象を与えるのだ。

「警察は――」

「もうきています。ぼくは知らせを聞いていっしょにきたんです。警察はとくに驚いているようでもありません。もちろんリッチャム・ロシュは常軌を逸してはいましたが、それにしても――」

「それにしても、じっさいに彼が自殺したということで、あなたはびっくりしておられるんですね」

「正直いって驚いています。まさかと思っていました――つまり、あのリッチャム・ロシュが、自分が世を去ってもこの世が平穏無事に続いて行くと想像できたということがですよ」

「最近、金銭上の心配事があったようですが」

マーシャルはうなずいた。

「投機をやっていたんです。バーリングの山師的企業にね」

ポアロは静かにいった。「率直に申しあげましょう。リッチャム・ロシュ氏があなたを疑っていたと――あなたが帳簿をごまかしていたと疑われるような理由が何かおありでしょうか？」

マーシャルはポアロの顔をいささかこっけいなほど戸惑った顔で見つめた。あまりぽかんとしているので、ポアロはつい微笑してしまった。

「寝耳に水だったようですね、マーシャル大尉？」

「ええ、まったくです。とんでもない話です」

「そうそう、もう一つ聞きたいことがあります。リッチャム・ロシュ氏は、あなたが彼の手から養女を奪い去るのではないかと心配しておられたのではありませんか？」

「ああ、ぼくとダイのことをご存じなんですか？」マーシャル大尉はきまりわるげに笑った。

「では本当なんですね？」

マーシャルはうなずいた。

「しかしじいさんは何も知らなかったんですよ、ダイがいってはいけないというもので。たぶんその方がよかったんでしょう。老人は――籠いっぱいのロケット弾のように猛烈な勢いで怒りを爆発させるでしょうからね。ぼくはたちまちくびになっちまうだろうし、まあ、いろいろとね」

「打ち明けないでどうするつもりでした？」

「さあ、それはどうも。何もかもダイに任せていましたから。ダイが万事うまくやるといっていましたし。じつをいいますと、ぼくは仕事を探していたんですよ。仕事が見つかったら、すぐにもここの仕事をやめるんですが」

「その上でマドモアゼルがあなたと結婚する——というわけですか？　しかしリッチャム・ロシュはミス・クリーヴズへの手当を止めるかもしれませんよ。ダイアナさんはどうやらお金がお好きなようですが」

マーシャルはいささか具合のわるそうな顔をした。

「いずれは、埋め合わせをするつもりでいましたよ」

ジョフリー・キーンが部屋にはいってきた。「警察の人たちが、帰る前にあなたにお目にかかりたいといっていますが、ポアロさん」

「メルシー、すぐ行きます」

書斎にはがっしりした警部と警察医がいた。

「ポアロさんで？」と警部がいった。「ご高名はかねてうかがっています。私はリーヴズ警部です」

「ごていねいにどうも」とポアロは握手した。「この事件については、私の協力の必要はないでしょうな？」とちょっと笑った。

「今回はいらないようです。わかりきったケースのようで」

「つまりまったくお見通しの事件だということですね？」

「ええ、まったく。ドアも窓も鍵がかかり、ドアの鍵は死者のポケットの中にあった。過去数日間、とくにいろいろとおかしな言動があった。疑いの余地はありません」

「何もかもきわめて——自然だというんですか？」

医師が低い声で呟くようにいった。

「弾丸があの鏡に当たったのですから、被害者はひどく奇妙な角度で坐っていたに違いないですな。しかし自殺とは、もともと奇妙な行動ですから」

「弾丸は見つかりましたか？」

「ええ、ここにあります」と医師は差しだして、「鏡の下の壁の近くに落ちていました。ピストルはロシュ氏自身のものです。いつも机の引出しにいれていました。何か隠れた動機があるのでしょうが、それがどういうものだか、おそらくそれは今後もわからないでしょう」といった。

ポアロはうなずいた。

死体は寝室に運びこまれ、警察は引きあげた。ポアロは玄関のドアの所に立って彼らを見送った。物音がしたので振り返ると、ハリー・デールハウスがすぐ後ろに立っていた。

「強力な懐中電灯をおもちじゃありませんか？」とポアロがきいた。

「もっています。取ってきましょう」

ハリーはすぐもどってきたが、ジョーン・アシュビーが一緒だった。

「よろしかったらそちらもご一緒で構いませんよ」とポアロは親切にいった。

玄関の戸口から出てポアロは右手に回り、書斎の窓の前で足を止めた。六フィートほどの幅の芝生が小径との間を隔てていた。ポアロは身を屈めて芝生の上を懐中電灯で照らした。それから背を伸ばし、首を振った。

「ないな、ここには」

いいかけてふと黙ったとき、その姿にしだいに緊張がみなぎった。芝生の両側は細長い花壇で縁どられている。ポアロの注意は、アスターとダリアの咲いている右手の花壇に向けられていた。花壇の手前の方に懐中電灯を向けていたのだが、柔らかい土の上に足跡がいくつかくっきり残っていた。

「四つあるな」とポアロは呟いた。「二つは窓の方へ向かい、二つは逆に窓の方から引き返している」

「庭師のものじゃありません？」とジョーンがいった。

「いや、違います、マドモアゼル。あなたの目を働かせてごらんなさい。この靴型は小さい、かわいらしい、ハイヒールのそれです。婦人靴の足型です。ダイアナさんは庭に出ていたといわれました。あなたより先に階下におりられたのでしょうか？」

ジョーンは首を振った。

「さあ、覚えていませんわ。ゴングが鳴ったとき、あたし、二度目のゴングだと思ったので、とてもあわてましたの。通りすぎたとき、ダイアナの部屋のドアが開いていたような気もしますけど、たしかではありません。ミセス・リッチャム・ロシュのお部屋のドアが閉まっていたのは覚えています」

「なるほど」

その声音が何かなしハリーをはっとさせ、彼は急いで顔をあげた。しかしポアロはかすかに眉を寄せているだけだった。

戸口で彼らはダイアナ・クリーヴズに会った。

「警察は帰って行ったわ。これで——幕というわけね」とほっと嘆息した。

「一言お話ししたいことがあるのですが、マドモアゼル」

ダイアナは先に立って小さな客間にはいった。ポアロはすぐ後に続き、ドアを閉めた。

「何でしょうか？」とダイアナはちょっとびっくりしたような顔できいた。

「一つうかがいたいのです、マドモアゼル、あなたは夕方のいつの時間か、書斎の窓の外の花壇におはいりになりましたか？」

「ええ」とダイアナはうなずいた。「七時ごろ。それからもう一度、晩餐のちょっと前に」

「どうも理解できませんな」

「〝理解する〟どんな必要があるのか、あたしにはわかりませんけれど」とダイアナは冷ややかにいった。「アスターを少し切っていましたのよ――食卓に飾るために。花を飾るのはあたしの役ですの。七時ごろでしたわ」

「後の方の場合は？」

「ああ、あのときのことですか！　服にヘアオイルのしみをつけてしまいましたの――肩の所に。晩餐におりて行こうとしているときでしたわ。着替える気もしなかったんですけど、花壇に遅咲きのバラの蕾を一輪見たのを思いだして急いで外に出て摘み、ピンで留めたんですの。ほら、ここですわ」ダイアナはポアロに近よって、バラの蕾を持ちあげた。小さな油のしみがたしかについていた。ダイアナはそのまま、ポアロとほとんど肩を触れあわさんばかりに近ぢかと立っていた。

「それは何時ごろでした？」

「そうですわね。八時十分過ぎごろでしたかしら」

「フランス窓を開けようとはなさらなかったんですね？」

かっていました」

「ためしてみたと思います。ええ、窓からはいる方がはやいと考えて。でも掛け金がか

「なるほど」ポアロは深く息を吸いこんだ。「それで銃声ですが、あれを聞かれたとき、あなたはどこにいらっしゃいました？　まだ花壇の所でしたか？」

「いいえ、二、三分後でしたわ。横の戸口からはいろうとしていたときでした」

「これは何だかご存じですか、マドモアゼル？」

ポアロの手の上には小さな絹製のバラの蕾が載っていた。ダイアナは無関心な様子でそれを取って見た。

「あたしのパーティー用のバッグについているバラの蕾みたいですわね。どこにありまして？」

「キーンさんのポケットです」とポアロは表情を動かさずにいった。「あなたがおあげになったのですか、マドモアゼル？」

「あの人、そういいまして？」

ポアロは微笑した。

「いつ、渡されたのです？」

「ゆうべですわ」

「私にそういうように、キーンさんがあらかじめあなたに注意なさったのでしょうか？」

「どういうことですの、それは？」とダイアナは憤然といった。

ポアロはしかしそれには答えずに部屋を出て客間にはいった。バーリングとキーン、それにマーシャルがいた。彼らの所につかつかと歩みよって、ポアロは前置きなしにいった。

「みなさん、私といっしょに書斎にきていただけますか？」

ホールで彼はジョーンとハリーにいった。

「あなたがたもどうか、書斎にいらして下さい。どなたか、ミセス・リッチャム・ロシュにおりてきて下さるよう、お願いして下さいませんか？　ありがとうございます。ああ、ここに非の打ちどころのない執事のディグビーがいます。ディグビー、一つたずねたいんだが――はなはだ重要な質問なんだがね。ミス・クリーヴズは晩餐の前にアスターを花瓶に活けられたかね？」

執事は困惑したような顔をしていた。

「はい、お活けになりました」

「たしかだね？」

「たしかでございます」

「よろしい《トレ・ビアン》。さて——みなさん、どうぞ、おはいり下さい」

書斎にはいると、ポアロは一同の方に向き直った。

「私はある理由で、みなさんにここにおいでいただきました。事件は決着を見、警察は帰りました。リッチャム・ロシュ氏はピストルで自殺をされたということになりました。つまり、万事かたがつきました」とちょっと言葉を切って続けた。「しかし、私、エルキュール・ポアロは申します、事件はまだ終わったわけではないと」

一同の目がびっくりしたようにポアロに向けられたとき、ドアが開いてミセス・リッチャム・ロシュが例によって、床の上を漂うような物腰ではいってきた。

「奥さま、私はただいま、事件はまだ終わったわけではないと申したところです。これは心理学上の問題になりますが、リッチャム・ロシュ氏は誇大妄想狂でした。ある意味では王様でした。このような人物は自殺などしないものです。そう、気は狂うかもしれませんが、それでもけっして自殺はしません。ですから、リッチャム・ロシュ氏は自殺したのではありません」と言葉を切った。「殺されたのです」

「殺された?」とマーシャルがちょっと笑い声を立てた。「ドアも窓も閉まった部屋で、たったひとりで閉じこもってですか?」

「それでもなおかつ」とポアロはかたくなにいった。「彼は殺されたのです」

「殺されてから立ち上がって、ドアに鍵をかけたり、窓を閉めたりしたというんですのね？」とダイアナが皮肉めかしくいった。

「いまから、ある現象をお見せしましょう」とポアロは窓の所に行き、フランス窓のハンドルをいったん回し、それからそっと引いた。

「おわかりですね。窓はこの通り開きました。いまこれを閉めますが、ハンドルは回しません。窓は閉まっています。しかし掛け金はかかっていません。さあ、よろしいですか？」

ポアロはハンドルをぽんと一撃した。とたんにハンドルはするっと回り、掛け金がかかった。

「おわかりですか？」とポアロは低い声でいった。「この構造はたいへんルーズでして、外からごく簡単に操作できるのです」

向き直った彼の表情はきびしかった。

「八時十二分過ぎに銃が発射されたとき、ホールには四人の人間がいました。その四人にはアリバイがあります。ほかの三人はどこにいたのでしょう？　マダム、あなたはご自分の部屋におられました。ムッシュー・バーリング、あなたもご自分の部屋におられたのですか？」

「そうです」

「マドモアゼル、あなたは庭にいたとおっしゃいましたね」

「なぜあたしが――」とダイアナはいいかけた。

「お待ちなさい」とポアロはミセス・リッチャム・ロシュに向かっていった。「マダム、ご主人が遺産について、どのように配分なさるおつもりだったか、ご承知でしょうか？」

「ヒューバートが遺言状を読んでくれましたから存じております。わたしに知っていてもらいたいと申しまして。ヒューバートはわたしに三千ポンドをここの管理のために残しました。それからこの家とロンドンの家と、どちらでもわたしが選ぶ方を遺すと。あとの財産はことごとくダイアナに行くことになっていました。結婚したら、夫に家名を名乗ってもらうという条件で」

「ほう！」

「でもその後、補足条項とかいうのを付け加えまして――ほんの数週間前のことです」

「それで？」

「ダイアナにすべて残すというのは同じですが、バーリングさんと結婚するならという条件を加えました。ほかの人と結婚したら、何もかも甥のハリー・デールハウスに渡ることになりました」

「しかし補足条項が加えられたのがほんの数週間前だったとしますと」とポアロはのどを鳴らしている猫のような声音でいった。「マドモアゼルはそれについてはご存じなかったかもしれません」ポアロは糺弾するように前に進み出た。「マドモアゼル・ダイアナ、あなたはマーシャル大尉と結婚したいと思っておいでですか、それともキーンさんとですか？」

ダイアナは部屋を横切って、マーシャルの健在な片腕に自分の腕を絡ませた。

「この通りですわ」

「あなたに不利な事実を申しあげましょう、マドモアゼル。あなたはマーシャル大尉を愛しておられます。しかし財産にも執着がある。お父上はマーシャル大尉との結婚にはけっして賛成なさらないでしょう。しかしリッチャム・ロシュ氏が亡くなれば全財産があなたのものになることはほぼ間違いない。そこであなたは外に出て、花壇を踏み、開いていたフランス窓の所に行った。あらかじめ机の引出しから取り出しておいたピストルをひそかにもって。あなたは窓からはいって、愛想よくしゃべりながら被害者に近づき、発射した。それからピストルを拭いた上で、被害者の指をそれに押しつけ、その垂れた手の下にピストルを落とした。さらに外に出て、窓を揺さぶって掛け金をかけた。ついで家にはいった。こんなふうだったのではありませんか？　私はあなたにうかがっているのですよ、マドモアゼル？」

「違いますわ！」とダイアナは叫んだ。「違います！」

ポアロは彼女の顔を見返してほほえんだ。

「その通りです。違います。むろん、いま申しあげたように事が運んだという可能性もあります――もっともらしく聞こえますし――たしかに可能です――しかし二つの理由から事実ではありえないのです。第一の理由はあなたが七時にアスターを摘まれたということ。もう一つはこちらのマドモアゼルが私におっしゃったことからです」とジョーンの方に振り向いた。戸惑った表情で彼を見つめているジョーンを励ますように、ポアロはうなずいた。

「そうなんですよ、マドモアゼル、あなたは私に、最初のゴングをすでに聞いていたので、音が響いたとき、二度目のゴングが鳴ったのだと思ってあわてて下におりたとおっしゃいましたね？」

ポアロはすばやく一座を見まわした。

「おわかりになりませんか？　どなたも、おわかりにならない？　ごらんなさい、さあ！」彼は被害者が坐っていた椅子の所にすばやく駆けよった。

「みなさんは死体の姿勢に気がついておられましたか？　机に向かわずに——窓の方を向いて横向きに坐っていた。それは自殺するのに自然な姿勢でしょうか？　いやいや《ジャメ》、とんでもない《ジャメ》！　便箋に〝すまない〟と詫びの言葉を書いて——引出しを開け、ピストルを取り出し、そのままの姿勢で頭にあてがって発射する。これが自殺する人間の自然の段どりです。しかし今度は殺人の場合を考えてみましょう。被害者は机に向かって坐っている。殺人者はそのかたわらに立っている——しゃべりながら。そのまましゃべりつづけながらピストルを発射する。とすれば弾丸はどこに飛ぶでしょう？」と言葉を切った。「頭を貫通し、ドアが開いていたらホールに飛びだして——ゴングに当たる。

　みなさん、やっとおわかりになったようですね。それが最初のゴングでした。こちらのマドモアゼルだけが聞かれたのです。たまたま部屋がこの真上でしたからね。

　さて殺人者は次にどうするでしょう？　ドアを閉め、鍵をかけ、その鍵を死者のポケットにいれ、死体を椅子に坐ったまま横に向けて、死体の指をピストルにあてがい、その上でピストルをかたわらに落とし、最後の仕上げとして壁にかかっている鏡を砕く——つまり〝自殺〟の場面を〝ととのえ〟たわけです。そして窓から出て、ガラス戸を揺すって掛け金をかけると、芝生の上に足跡が残らないように花壇におりたつ。土は歩くそばからならしておけますからね。それから家にはいり、八時十二分過ぎ、客間にひとりでいたときに、軍隊用の拳銃を客間の窓から発射し、すぐホールに駆けこんだ。そうだったのでしょう、ジョフリー・キーンさん」

秘書は、彼を告発しながら近づきつつあるポアロを魅せられたように見つめた。それから、うがいでもしているようにのどを鳴らして、その場にくずおれた。

「彼の口から答を聞いたも同様ではないでしょうか?」とポアロはいった。「マーシャル大尉、警察に電話をして下さいませんか?」こういって倒れているキーンの上に身を屈めた。「警察がきても、おそらくまだ気を失ったままでしょう」

「ジョフリー・キーンでしたのね」とダイアナが呟いた。「でも、どんな動機で?」

「おそらく秘書として、キーン氏には横領の機会があったに違いありません——帳簿をごまかしたり、小切手を切る機会が。何かのきっかけでリッチャム・ロシュ氏は彼に疑いをいだいた。そして私を呼びよせた」

「なぜあなたを? 警察でなく、どうしてあなたを呼んだのでしょう?」

「その質問には、マドモアゼル、あなたご自身がお答えになれると思います。リッチャム・ロシュ氏はキーン氏とあなたとの間に何かあると思われた。お父上の注意をマーシャル氏からそらすために、あなたはあたかもキーン氏といい仲であるようにふるまわれた、おおっぴらに。そうです、否定なさっても無駄ですよ。キーン氏は私がここにくることを洩れ聞いて即座に行動した。彼の計画の中心点は、犯罪が彼にアリバイのある八時十二分に起こったように見せることでした。彼に危険がおよぶとしたらまず弾丸が発見されることだけでしょう。ゴングの近くに落ちていたに違いないのですが、犯行の直後にはそれを拾いあげる暇はなかった。それでみんなで書斎に行こうとしていたとき、どさくさに紛れて拾ったのです。そんな緊迫したおりとて、だれも気づかないだろうと思ったのでしょうが、この私は何ものも見落とさない人間です。私は何を拾ったのかと彼にたずねました。彼はとっさに思案して、一芝居打ったのです。自分が拾いあげたのは絹のバラの蕾だというふりをしました。愛する女性をかばう青年の役割を演じたのです。まったく、たいへん巧妙な思いつきでした。マドモアゼル、あなたがアスターを摘みに出なかったなら――」

「それがこのこととどういう関係がありますの？　よくわかりませんけど」

「おわかりになりませんか？　こういうことです――花壇には足跡が四つありました。しかし花を切るときには、もっとたくさん足跡がつくに違いありません。ということはあなたが花を切ったときと、バラの蕾を摘みに出てこられたときとの間に、だれかが花壇をならして足跡を消したに違いありません。庭師ではないでしょう――庭師は七時以降には働きませんからね。とするとだれか後ろ暗い人間――つまり殺人者に違いありません――殺人は銃声が聞こえる前に行なわれたのです」

「しかしなぜ、だれもじっさいの銃声を聞かなかったのでしょう？」とハリーがきいた。

「消音装置でしょう。その装置とキーン氏の拳銃とは、茂みに投げこまれていると思いますよ」

「たいへんな危険をおかしたわけですね」

「どうしてです？　だれもが二階で晩餐のために着替えをしていました。うまい瞬間を狙ったものです。危険といえば、銃弾が唯一の難点でしたが、それだって犯人が思った通り、うまくいったのです」

ポアロは問題の銃弾を差しあげて見せた。

「キーンは、私がデールハウスさんといっしょにフランス窓を調べている間に、鏡の下にこれを転がしておいたのです」

「まあ！」ダイアナはマーシャルのほうにくるっと振り向いた。「結婚して下さいな、ジョン、あたしをこんないやな所から、はやく連れだしてちょうだい」

バーリングが咳払いをした。「ダイアナ、リッチャム・ロシュの遺言状によると――」

「財産なんか、どうでもいいわ」とダイアナは叫んだ。「舗道の上に絵を描いたって暮らしていけるわ！」

「そんなことをする必要はないよ」とハリーがいった。「半分ずつにしようよ、ダイ。伯父貴の頭がどうかしていたのをいいことに、財産をひとり占めにする気はぼくにはないんだ」

とつぜん、あっという叫び声があがり、ミセス・リッチャム・ロシュが席からぱっと跳び立った。

「ポアロさん――鏡のことですけれど――あの人、わざと割ったんですのね？」

「そうです、マダム」

「まあ！」と彼女はまじまじと探偵の顔を見つめた。「でも鏡をこわすって、とても不吉なんですのに」

「たしかにジョフリー・キーン氏にはたいへん不吉なことになりましたね」とポアロは快活にいったのだった。

やっぱり短篇がいい

文芸評論家
郷原 宏

ミステリは短篇に限る——などといえば、長篇の好きな人に叱られるかもしれない。短篇には短篇のおもしろさがあり、長篇には長篇のおもしろさがある。この二つは同根ではあるが、決して同質ではない。だから、短篇だけを持ち上げるのは明らかにアンフェアなのだが、近年のように長篇だけに人気が集中して、短篇がまるで添え物のように扱われているのを見ると、つい短篇をえこひいきしてみたくなるのである。アガサ・クリスティーの場合も無論、例外ではない。

短篇のメリットは短時間で読めるということだ。文庫本で三十ページ程度の作品なら、三十分もあれば読める。日本のサラリーマンの通勤時間（片道）は平均四十五分だそうだから、本を読むのが遅いひとでも、片道に一篇は楽に読める計算になる。つまり一つの作品をワンチャンスで読み切れるわけで、それだけ読後の印象が鮮明になり、作品を丸ごと味わうことができる。

長大な作品をじっくり時間をかけて読み通すのもいいものだが、読書の環境や気分が変わると、どうしても読み方にばらつきが生じて、印象が散漫なものになりやすい。ことに人名の覚えにくい海外ミステリなどでは、そのつど登場人物一覧表を参照しなければならず、感興をそがれることおびただしい。結局、途中でいやになって投げ出してしまった経験が、ミステリファンなら誰でも一度や二度はあるはずだ。これは金と時間の無駄遣いであるばかりでなく、精神衛生上まことによろしくない。

そこへ行くと、短篇は安心である。たとえ途中で投げ出したくなったとしても、そのために失うものは高が知れているし、十ページ前後の短い作品なら、いやになる前に読み終わっているだろう。いずれにしろ、読まなかった部分に実はすごいことが書かれてあったのではないかと、あとになって思い悩む必要がない。教養や自己啓発のためではなく、もっぱら娯楽のためにミステリを読む大多数の読者にとって、この差は小さくないはずである。

短篇のもう一つのメリットは、人生に対する感度が養われることだ。こういうと、また長篇ファンに叱られそうだが、長篇が総じて物語性を本質とするのに対して、短篇はなんといっても切れ味が身上である。ミステリは犯罪を通して人間を描く文芸だといっていいが、その人間のとらえ方が、長篇と短篇では根本的に違う。長篇が連続性において人間をとらえるのに対して、短篇は瞬間性においてとらえる。前者を劇的・論理的な小説、後者を詩的・直観的な小説と呼んでもいい。いずれにしろ、はっきりしているのは、短篇の読者には長篇の読者以上の直観力と感受性が必要とされるということである。「短篇は閃光の人生だ」といったのは、短篇の名手ヘンリイ・スレッサーである。稲妻が夜の闇を切り裂くように、あるいはカメラのフラッシュがモデルの毛穴を浮き上がらせるように、短篇は人生の真実を一瞬のうちに開示する。そうして開示された「閃光の人生」を見るためには、読者の側にもそれだけの眼力が具わっていなければならない。そして、人間が同時にいくつもの人生を生きることができない以上、私たちはいい短篇を読んでその眼力を養う以外に、さしあたり方法がないのである。

クリスティーは一般に人生を連続性の局面においてとらえることに長けた無類のストーリーテラーとして知られているが、一方では詩的な直観力にすぐれた短篇の名手でもあった。いや、こういう言い方は誤解を招きやすい。正しくは人生を瞬時に開示しうる短篇作家としての眼力の確かさが、長篇の物語性を支えていたというべきだろう。

ハヤカワ・ミステリ文庫版の『黄色いアイリス』は、一九八〇年八月に「クリスティー短篇集」の第十巻として刊行された。原テキストはデル版の*The Regatta Mystery* (1939) だが、そのうちの一篇「夢」は『クリスマス・プディングの冒険』に収録されていたために割愛し、代わりに同じデル版の*The Witness for the Prosecution and other stories* (1948) から「二度目のゴング」が採録された。したがって、これはあくまで日本で編まれた短篇集ということになる。

クリスティーの短篇集には、マープル物の『火曜クラブ』、トミー&タペンス物の『おしどり探偵』のような連作短篇集のほかに、ある時期の珠玉の短篇を集めて成ったアンソロジー形式のものがあるが、本書はその珠玉短篇集で、ポアロ物五篇、パーカー・パイン物二篇、マープル物一篇、ノンシリーズの幻想小説一篇が収められている。いずれもミステリの女王ならではの切れ味のいい逸品ぞろいで、名探偵たちが開示して見せる九とおりの「閃光の人生」を楽しむことができる。

いくらクリスティーの作品でも、結末がわかっている長篇をもう一度読む気にはなれないが、短篇は何度でも読める。ミステリはやっぱり短篇に限る。

名探偵の宝庫

〈短篇集〉

クリスティーは、処女短篇集『ポアロ登場』(一九二三)を発表以来、長篇だけでなく数々の名短篇も発表し、二十冊もの短篇集を発表した。ここでもエルキュール・ポアロとミス・マープルは名探偵ぶりを発揮する。ギリシャ神話を題材にとり、英雄ヘラクレスのごとく難事件に挑むポアロを描いた『ヘラクレスの冒険』(一九四七)や、毎週火曜日に様々な人が例会に集まり各人が体験した奇怪な事件を語り推理しあうという趣向のマープルものの『火曜クラブ』(一九三二)は有名。トミー&タペンスの『おしどり探偵』(一九二九)も多くのファンから愛されている作品。

また、クリスティー作品には、短篇にしか登場しない名探偵がいる。心の専門医の異名を持ち、大きな体、禿頭、度の強い眼鏡が特徴の身上相談探偵パーカー・パイン(『パーカー・パイン登場』一九三四、など)は、官庁で統計収集の事務を行なっていたため、その優れた分類能力で事件を追う。また同じく、ハーリ・クィンも短篇だけに登場する。心理的・幻想的な探偵譚を収めた『謎のクィン氏』（一九三〇）などで活躍する。その名は「道化役者」の意味で、まさに変幻自在、現われてはいつのまにか消え去る神秘的不可思議的な存在として描かれている。恋愛問題が絡んだ事件を得意とするというユニークな特徴をもっている。

ポアロものとミス・マープルものの両方が収められた『クリスマス・プディングの冒険』（一九六〇）や、いわゆる名探偵が登場しない『リスタデール卿の謎』（一九三四）や『死の猟犬』（一九三三）も高い評価を得ている。

51 ポアロ登場
52 おしどり探偵
53 謎のクィン氏
54 火曜クラブ
55 死の猟犬
56 リスタデール卿の謎
57 パーカー・パイン登場
58 死人の鏡
59 黄色いアイリス
60 ヘラクレスの冒険
61 愛の探偵たち
62 教会で死んだ男
63 クリスマス・プディングの冒険
64 マン島の黄金

灰色の脳細胞と異名をとる
〈名探偵ポアロ〉シリーズ

本名エルキュール・ポアロ。イギリスの私立探偵。元ベルギー警察の捜査員。卵形の顔とぴんとたった口髭が特徴の小柄なベルギー人で、「灰色の脳細胞」を駆使し、難事件に挑む。『スタイルズ荘の怪事件』（一九二〇）に初登場し、友人のヘイスティングズ大尉とともに事件を追う。フェアかアンフェアかとミステリ・ファンのあいだで議論が巻き起こった『アクロイド殺し』（一九二六）、イニシャルのＡＢＣ順に殺人事件が起きる奇怪なストーリーが話題をよんだ『ＡＢＣ殺人事件』（一九三六）、閉ざされた船上での殺人事件を巧みに描いた『ナイルに死す』（一九三七）など多くの作品で活躍し、最後の登場になる『カーテン』（一九七五）まで活躍した。イギリスだけでなく、イラク、フランス、イタリアなど各地で起きた事件にも挑んだ。

映像化作品では、アルバート・フィニー（映画《オリエント急行殺人事件》）、ピーター・ユスチノフ（映画《ナイル殺人事件》）、デビッド・スーシェ（ＴＶシリーズ）らがポアロを演じ、人気を博している。

1 スタイルズ荘の怪事件
2 ゴルフ場殺人事件
3 アクロイド殺し
4 ビッグ4
5 青列車の秘密
6 邪悪の家
7 エッジウェア卿の死
8 オリエント急行の殺人
9 三幕の殺人
10 雲をつかむ死
11 ABC殺人事件
12 メソポタミヤの殺人
13 ひらいたトランプ
14 もの言えぬ証人
15 ナイルに死す
16 死との約束
17 ポアロのクリスマス
18 杉の柩
19 愛国殺人
20 白昼の悪魔
21 五匹の子豚
22 ホロー荘の殺人
23 満潮に乗って
24 マギンティ夫人は死んだ
25 葬儀を終えて
26 ヒッコリー・ロードの殺人
27 死者のあやまち
28 鳩のなかの猫
29 複数の時計
30 第三の女
31 ハロウィーン・パーティ
32 象は忘れない
33 カーテン
34 ブラック・コーヒー〈小説版〉

好奇心旺盛な老婦人探偵

〈ミス・マープル〉シリーズ

本名ジェーン・マープル。イギリスの素人探偵。ロンドンから一時間ほどのところにあるセント・メアリ・ミードという村に住んでいる、色白で上品な雰囲気を漂わせる編み物好きの老婦人。村の人々を観察するのが好きで、そのうちに直感力と観察力が発達してしまい、警察も手をやくような難事件を解決するまでになった。新聞の情報に目をくばり、村のゴシップに聞き耳をたて、それらを総合して事件の謎を解いてゆく。家にいながら、あるいは椅子に座りながらゆったりと推理を繰り広げることが多いが、敵に襲われるのもいとわず、みずから危険に飛び込んでいく行動的な面ももつ。

長篇初登場は『牧師館の殺人』（一九三〇）。「殺人をお知らせ申し上げます」という衝撃的な文章が新聞にのり、ミス・マープルがその謎に挑む『予告殺人』（一九五〇）や、その他にも、連作短篇形式をとりミステリ・ファンに高い評価を得ている『火曜クラブ』（一九三二）、『カリブ海の秘密』（一九六四）とその続篇『復讐の女神』（一九七一）などに登場し、最終作『スリーピング・マーダー』（一九七六）まで、息長く活躍した。

冒険心あふれるおしどり探偵

〈トミー&タペンス〉

本名トミー・ベレズフォードとタペンス・カウリイ。『秘密機関』（一九二二）で初登場。心優しい復員軍人のトミーと、牧師の娘で病室メイドだったタペンスのふたりは、もともと幼なじみだった。長らく会っていなかったが、第一次世界大戦後、ふたりはロンドンの地下鉄で偶然にもロマンチックな再会をはたす。お金に困っていたので、まもなく「青年冒険家商会」を結成した。この後、結婚したふたりはおしどり夫婦の「ベレズフォード夫妻」となり、共同で探偵社を経営。事務所の受付係アルバートとともに事務所を運営している。

トミーとタペンスは素人探偵ではあるが、その探偵術は、数々の探偵小説を読破しているので、事件が起こるとそれら名探偵の探偵術を拝借して謎を解くというユニークなものであった。

『秘密機関』の時はふたりの年齢を合わせても四十五歳にもならなかったが、

最終作の『運命の裏木戸』（一九七三）ではともに七十五歳になっていた。青春時代から老年時代までの長い人生が描かれたキャラクターで、クリスティー自身も、三十一歳から八十三歳までのあいだでシリーズを書き上げている。ふたりの活躍は長篇以外にも連作短篇『おしどり探偵』（一九二九）で楽しむことができる。

ふたりを主人公にした作品が長らく書かれなかった時期には、世界各国の読者からクリスティーに「その後、トミーとタペンスはどうしました？　いまはなにをやってます？」と、執筆の要望が多く届いたという逸話も有名。

バラエティに富んだ作品の数々

〈ノン・シリーズ〉

名探偵ポアロもミス・マープルも登場しない作品の中で、最も広く知られているのが『そして誰もいなくなった』（一九三九）である。マザーグースになぞらえて殺人事件が次々と起きるこの作品は、不可能状況やサスペンス性など、クリスティーの本格ミステリ作品の中でも特に評価が高い。日本人の本格ミステリ作家にも多大な影響を与え、多くの読者に支持されてきた。

その他、紀元前二〇〇〇年のエジプトで起きた殺人事件を描いた『死が最後にやってくる』（一九四四）、『チムニーズ館の秘密』（一九二五）に出てきたロンドン警視庁のバトル警視が主役級で活躍する『ゼロ時間へ』（一九四四）、オカルティズムに満ちた『蒼ざめた馬』（一九六一）、スパイ・スリラーの『フランクフルトへの乗客』（一九七〇）や『バグダッドの秘密』（一九五一）などのノン・シリーズがある。

また、メアリ・ウェストマコット名義で『春にして君を離れ』（一九四四）をはじめとする恋愛小説を執筆したことでも知られるが、クリスティー自身は四半世紀近くも関係者に自分が著者であることをもらさないよう箝口令をしいてきた。これは、「アガサ・クリスティー」の名で本を出した場合、ミステリと勘違いして買った読者が失望するのではと配慮したものであったが、多くの読者からは好評を博している。

72 茶色の服の男
73 チムニーズ館の秘密
74 七つの時計
75 愛の旋律
76 シタフォードの秘密
77 未完の肖像
78 なぜ、エヴァンズに頼まなかったのか?
79 殺人は容易だ
80 そして誰もいなくなった
81 春にして君を離れ
82 ゼロ時間へ
83 死が最後にやってくる
84 忘られぬ死
86 暗い抱擁
87 ねじれた家
88 バグダッドの秘密
89 娘は娘
90 死への旅
91 愛の重さ
92 無実はさいなむ
93 蒼ざめた馬
94 ベツレヘムの星
95 終りなき夜に生れつく
96 フランクフルトへの乗客

世界中で上演されるクリスティー作品

〈戯曲集〉

劇作家としても高く評価されているクリスティー。初めて書いたオリジナル戯曲は一九三〇年の『ブラック・コーヒー』で、名探偵ポアロが活躍する作品であった。ロンドンのスイス・コテージ劇場で初演を開け、翌年セント・マーチン劇場へ移された。一九三七年、考古学者の夫の発掘調査に同行していた時期にオリエントに関する作品を次々執筆していたクリスティーは、戯曲でも古代エジプトを舞台にしたロマン物語『アクナーテン』を執筆した。その後、『そして誰もいなくなった』、『死との約束』、『ナイルに死す』、『ホロー荘の殺人』など自作長篇を脚色し、順調に上演されてゆく。一九五二年、オリジナル劇『ねずみとり』がアンバサダー劇場で幕を開け、現在まで演劇史上類例のないロングランを記録する。この作品は、伝承童謡をもとに、一九四七年にクイーン・メアリの八十歳の誕生日を祝うために書かれたBBC放送のラジオ・ドラマを舞台化したものだった。カーテン・コールの際の「観客のみなさま、どうかこのラストのことはお帰りになってもお話しにならないでください」の一節はあまりにも有名。一九五三年には『検察側の証人』がウィンター・ガーデン劇場で初日を開け、その後、ニューヨークでアメリカ劇評家協会の海外演劇部門賞を受賞する。一九五四年の『蜘蛛の巣』はコミカルなタッチのクライム・ストーリーという新しい展開をみせ、こちらもロングランとなった。

クリスティー自身も観劇も好んでいたため、『ねずみとり』は初演から十年がたった時点で四、五十回は観ていたという。長期にわたって劇のプロデューサーをつとめたピーター・ソンダーズとは深い信頼関係を築き、「自分の知らない芝居の知識を教えてもらった」と語っている。

65 ブラック・コーヒー
66 ねずみとり
67 検察側の証人
68 蜘蛛の巣
69 招かれざる客
70 海浜の午後
71 アクナーテン

波乱万丈の作家人生

〈エッセイ・自伝〉

「ミステリの女王」の名を戴くクリスティーだが、作家になるまでに様々な体験を経てきた。コナン・ドイルのシャーロック・ホームズものを読んでミステリのおもしろさに目覚め、書いた小説をミステリ作家イーデン・フィルポッツに送ってみてもらっていた。その後は声楽家をめざしてパリに留学するが、才能がないとみずから感じ、声楽家の道を断念する。第一次世界大戦時は陸軍病院で篤志看護婦として働き、やがて一九二〇年に『スタイルズ荘の怪事件』を刊行するにいたる。

その後もクリスティーは、出版社との確執、十数年ともに過ごした夫との離婚、種痘ワクチンの副作用で譫妄状態に陥るなど、様々な苦難を経験したがそれを乗り越え、作品を発表し続けた。考古学者のマックス・マローワンと再婚してからは、ともに中近東へ赴き、その体験を創作活動にいかしていた。

当時人気ミステリ作家としてドロシイ・L・セイヤーズがいたが、彼女に対抗して、クリスティーも次々と作品を発表した。特にクリスマスには「クリスマスにはクリスティーを」のキャッチフレーズで、定期的に作品を刊行し、増刷を重ねていた。執筆活動は、三カ月に一作をしあげることを目指していたという。メアリ・ウェストマコット名義で恋愛小説を執筆したり、『カーテン』や『スリーピング・マーダー』を自分の死後に出版する計画をたてるなど、常に読者を楽しませることを意識して作品を発表してきた。

ジャネット・モーガン、H・R・F・キーティングなど多くの作家による評伝・研究書も書かれている。

85 さあ、あなたの暮らしぶりを話して
97 アガサ・クリスティー自伝（上）
98 アガサ・クリスティー自伝（下）

訳者略歴　東京大学文学部卒，英米文学翻訳家　著書『鏡の中のクリスティー』訳書『火曜クラブ』『春にして君を離れ』クリスティー，『なぜアガサ・クリスティーは失踪したのか？』ケイド（以上早川書房刊）他多数

黄《き》色《いろ》いアイリス

〈クリスティー文庫59〉

二〇〇四年六月十日　印刷
二〇〇四年六月十五日　発行
（定価はカバーに表示してあります）

著者　アガサ・クリスティー
訳者　中《なか》村《むら》妙《たえ》子《こ》
発行者　早川　浩
発行所　株式会社 早川書房
郵便番号一〇一‐〇〇四六
東京都千代田区神田多町二ノ二
電話　〇三‐三二五二‐三一一一（大代表）
振替　〇〇一六〇‐三‐四七七九九
http://www.hayakawa-online.co.jp

乱丁・落丁本は小社制作部宛お送り下さい。
送料小社負担にてお取りかえいたします。

印刷・信毎書籍印刷株式会社　製本・株式会社川島製本所
Printed and bound in Japan
ISBN4-15-130059-7 C0197